바람을 그리는 여인

새파란 지음

새파란

기획 마케팅 출판업계 등 다양한 직종에 종사하였다.
다수의 문학상을 수상하였고 현재는 글쓰기에 전념하고 있다.
(새파란: 새로운 물결, 영어로 New Wave를 뜻한다.)

목 차

야한 남녀 · 5

강력한 백수 · 29

우리가 창조한 괴물 · 61

그녀가 웃는 이유 · 101

이상한 출판사 · 129

바람을 그리는 여인 · 153

1

야한 남녀

．
．
．

　　　　5성급 호텔 2층에 자리한 유명 레스토랑, 눈코입이 또렷하게 생겨 강렬해 보이고 고급 양복을 깔끔하게 차려입은 그 남자에게서, 갓 구워진 크루아상이나 바게트에서 풍기는 달콤하고 구수한 느낌이 배어 나왔다. 그는 유럽풍으로 차려진 식탁에 우아하게 앉아 긴 다리를 꼰 채 휴대전화와 입구를 번갈아 바라보고 있었다.

　잠시 후 입구에는 서둘러 들어오는 여인이 있었다. 뉴스의 앵커라고 해도 누구나 다 믿을 만큼 깔끔한 미모와 세련된 자태가 돋보이는 그녀는, 서둘러 다가왔지만 우아함을 잃지 않고 환하게 미소 지은 채 자리에 앉았다. 남자가 먼저 말을 꺼냈다.

　"박 비서! 7분 20초 늦었네…. 혼 좀 나야겠어. 오늘."
　"죄송해요, 대표님. 변명하지 않을게요. 저 혼날게요."
　"일단, 식사는 해야지. 혼날 때 혼나더라도…."
　"아~ 맛있겠다! 저는 코스요리가 참 좋아요. 다양한 맛을 볼 수 있잖아요. 호호호."

웨이터가 음식을 가져오기 시작했다. 코스로 나오는 다양한 요리들은 적당히 배를 부르게 하면서 입안을 즐겁게 하는 동시에 그들의 기분마저 행복하게 만들었다. 그런 탓에 삼십 대 중반으로 보이는 그 남자의 얼굴에도 미소가 스며들었지만, 근엄한 표정을 잃지 않으려고 애쓰고 있었다. 후식이 나오기 시작했을 때 그녀가 그 점을 지적했다.

"그런데요, 대표님. 계속 무게 잡고 있으니까 꼰대 같아요. 안 어울려요. 대표님은 웃는 얼굴이 귀엽잖아요. 호호호."

"내가? 꼰대? 그건 아니지. 나 그렇게 따분한 사람 아니에요."

"알죠~ 알죠. 근데 오늘 컨셉을 잘못 잡으신 거 같아요. 쫌 웃겨요. 약간 유치하고."

"어허~ 참! 박 비서, 오늘 좀 버릇이 없네."

"제가 좀 버릇없죠? 오늘 많이 혼나고 싶은 것 같아요, 제가."

"다 먹었으면 그만 일어나지. 내가 스위트룸으로 잡아 놨어."

"아이~ 좋아라. 혼나러 가야지~ 호호호."

그가 계산서에 사인을 하고 앞서서 성큼성큼 엘리베이터로 향했다. 엘리베이터는 1층에 있었고 아무도 타고 있지 않았다. 21층을 누르고 문이 닫히자마자 남자는 그녀를 거칠게 안고 키스를 퍼

부었다. 게다가, 깔끔하면서도 짧은 그녀의 스커트 속을 마구 더듬었다. 그녀가 몸을 약간 틀면서 말했다.

"아이~ 여기서 이러시면 안 돼요. 벌써 팬티 다 젖었잖아요."
"괜찮아. 가만 있어 봐. 좋잖아…."

그녀가 미소 지은 채, 키가 큰 그를 올려다보며 말했다.

"근데 자기야, 룸에 들어가면 컨셉을 좀 바꾸자. 대표하고 비서는 좀 웃기네."
"그러든가…."

고급 호텔에 걸맞게 방 안은 세련되고 깨끗하게 잘 정돈되어 있었다. 방에 들어서자, 그녀가 표정을 바꾸어 핸드백을 화장대에 탁! 내려놓으며, 신고 있던 하이힐을 구석에 벗어던지고, 화장대 의자에 다리를 꼬고 앉아 도도하고 부드럽게 말했다.

"김 기사~, 웃통 좀 벗어 봐요."
"네? 아, 네네."

그는 별다른 저항 없이 와이셔츠 단추를 풀고, 웃옷을 벗었다.

"흠…. 멋지네요. 다 벗어 봐요."

그는 바지와 팬티까지 다 벗어서 화장대 한쪽에 두었다. 그녀가 천천히 몸을 일으켜 그에게 다가갔다. 그러고는, 그의 어깨에 부드럽고 진하게 키스했다. 식사 후 다시 칠한 그녀의 립스틱 자국이 그의 어깨에 선명하게 찍혔다. 그녀는 발뒤꿈치를 세우고, 그의 귓가에 뜨거운 입김을 불어 넣으며 말했다.

"벌써, 단단하네요. 아주 좋아요. 내가…. 요 며칠 바빴잖아요. 그래서 몹시 흥분돼요. 나는 굶주린 여자예요. 내 옷을 벗겨 줘요…. 전부. 천천히."

그는 천천히 그녀의 블라우스 단추를 풀고, 브래지어를 벗기고, 치마를 내리자마자 그녀를 번쩍 안아, 침대에 눕혔다. 그리고 팬티를 벗기며 다리를 애무하기 시작했다. 그녀가 낮은 탄성을 질렀다.

그들이 그렇게 여러 표정과 말투로 역할 놀이를 한 게 처음은 아닌 것 같았다. 갑자기 돌변한 그녀에게 맞춰 그 남자도 아주 잘 반응하고 있었다.

그는 진지하고 정성스럽게 그녀의 성기를 애무하기 시작했고, 그녀의 신음이 점점 진해지고, 깊어졌다. 남자는 그녀의 매혹적이고 매끈한 허리를 따라 올라가며, 탐스러운 가슴과 부드러운 목과 사랑스러운 얼굴을 성실한 머슴처럼 애무하다가 말했다.

"당신, 너무 예쁘다. 정말."
"아, 아, 안 돼. 자기야, 똑바로 누워. 내가 위에서 할 거야."

그녀는 그를 똑바로 눕히고 몸 위로 올라가 그의 우람하고 단단한 성기를 자기 몸 안으로 급히 밀어 넣었다. 그리고 말타기를 시작했다. 그것은 차라리 전력 질주였다. 그 남자도 달리는 말처럼 밑에 깔려서 헉헉거렸다.

두 사람의 몸이 엉키고, 꿈틀거리고, 남자의 신음과 여자의 신음이 섞이면서 갈수록 기묘한 소리가 되어 갔는데, 단거리를 장거리처럼 달리면서, 그들은 이곳이 도대체 어디인지, 낮인지 밤인지, 누가 남자이고 여자인지, 자신들이 인간인지 짐승인지 따위를 알 수 없을 정도의 오묘한 느낌 속으로 빠져들었다.

한참을 빠져들다가 갑자기 그녀가 말을 탄 채 벼랑에서 떨어지듯 비명을 질렀고, 그러고 나서야 헐떡거리며 남자의 몸 위로 장렬하게 엎어졌다. 남자도 그녀와 거의 동시에 '으, 으윽, 으으~윽!' 죽어 가는 짐승의 소리를 내다가 마침내 멈추었다.

두 사람의 숨소리는 그제야 부드럽게 가라앉기 시작했다. 모든 걱정과 고민이 사라지고 세상이 고요하게 멈춘 느낌이 따라왔다. 그들은 그렇게 온전하고 완전한 하나의 느낌으로 합해졌다가, 몽롱함과 아득함 속에서 천천히 각자의 몸을 찾아내고 있었다.

잠시 후 그녀가 샤워하겠다며 일어서자, 그도 함께 따라 들어가 땀에 젖은 그녀의 몸을 비누칠하고 닦아 줬다. 그녀도 온화한 얼굴로 그의 몸을 구석구석 닦아 주었다.
충분히 샤워를 마치고 난 후, 그들은 기분 좋게 뽀송뽀송해진 피부를 이불로 감싸고 누워 서로의 몸을 쓰다듬으며, 매우 차분하면서도 알 수 없는 충만감을 만끽했다. 벌써 소화가 다 된 기분이었고, 땀을 흘리고 나니 몸이 깃털처럼 가벼웠다. 하지만 소리를 많이 지른 탓인지 그녀는 잠긴 목소리로 말을 꺼냈다.

"나, 너무 행복해…. 눈물이 나올 것만 같아. 당신을 만나지 못했다면 어땠을까? 난 지금의 내가 아니겠지. 어떤 모습으로 살고 있을까. 살아 있었을까? 일하다가도 당신만 떠올리면 행복해. 고마워. 존재해 줘서. 이렇게 내 옆에서, 살아 숨 쉬고 있어 줘서…."

그의 넓은 가슴을 쓰다듬으며 말하던 그녀는 뜨거워지는 가슴과 동시에 눈물이 핑 도는 것을 느꼈다. 그러다가 말 없는 그를 올려다보니, 엉뚱하게도 그는 장난스러운 표정으로 미소 짓고 있었다. 그는 오히려 우스꽝스럽게 말했다.

"환자분, 다리 벌리세요. 검사 들어갑니다. 기구가 조금 크고 단단해도 뭐 아프진 않으니까. 괜찮아요. 하하하. 벌리세요. 어서요."

"아~ 뭐야. 피부과 의사가 무슨 자궁을 검사한다고 난리야~. 또 하게? 한 번 더 하자는 거야? 그렇게 좋아?"

"응. 좋은 걸 어떡해. 난 당신만 보면 미치겠어. 다 깨물어 먹고 싶어."

"깨물면, 당신 고소한다. 나 이래 봬도 잘나가는 로펌 변호사야. 알지?"

"알지, 알지. 근데, 한 번만 더 하면 안 될까, 자기야? 집에서는 엄마도 계시고 이렇게 편하게는 못 하잖아~"

"그래, 하자! 해. 나도 좋지 뭐. 당신 말대로 집에서는 맘대로 소리도 못 지르니까. 하하."

말이 끝나자마자, 184센티의 건장한 그가 조심스럽게 새를 품
듯 그녀를 품었다. 그리고 은밀하고 조심스럽게 그녀를 파고들었
다. 그녀가 다시 낮은 소리를 내며 잉어처럼 몸을 꿈틀거리기 시
작했다. 천천히, 그러나 때로는 강렬하게, 태초부터 이어진 파동
을 온몸으로 느끼면서, 그들은 다시 교감하기 시작했다. 그렇게
하나의 영혼으로 찰흙처럼 합쳐지며 서로에게 밀려들어 갔다.

커다란 바람이 몰려왔다.
바다가 일렁이고, 밀물과 썰물이 교차하고 파도가 쳤다.
어둠이 있었다. 그리고 밝은 빛이 보였다. 이상한 황홀함이 밀
려왔다.
그 감미로운 전율 속에서 별이 뜨고, 달이 뜨고, 태양이 솟아오
르고, 하나의 우주가 새롭게 창조되는 느낌마저 들었다.
성은 그 무엇보다 성스럽고 경이로운 것임을 그들은 저절로 알
아가고 있었다.
그렇게, 두 사람은 한참 동안 또 한 번의 천지창조를 일으키고,
고요한 침묵 속에 정지하였다.
그 침묵 속엔 삶도 죽음도 존재하지 않는 것만 같았다.

몇 분이나 흘렀을까. 까마득한 침묵 속에서 그녀는 현실로 돌아오고 있었는데, 문득 그녀의 과거가 드문드문 또렷하게 기억났다.

그녀가 11살 때 엄마는 백혈병으로 돌아가셨다. 예뻤지만 창백했던 엄마의 얼굴이 아득하게 기억으로 남아 있을 뿐이다. 엄마가 돌아가시자 아빠 다니던 직장을 그만두고, 조금이라도 더 수입을 늘리겠다며 트럭을 운전하셨다. 다행히 이혼한 고모가 집으로 와서 어린 그녀를 돌봐 주었다.

전국을 다니며 운전하시던 아빠는 집을 자주 비우셨고, 잘 챙겨 드시지 못했다. 어린 그녀는 엄마를 대신해서 늘 아빠에게 잔소리하곤 했다.

"아빠, 밥은 제대로 먹고 다니는 거야? 또, 빵만 먹어? 뭐 하러 돈 버는데? 잘 먹고 다녀야지. 벨트 꼭 해! 운전은 똑바로 하고 다니는 거지? 운전하다 졸면 안 된다. 그렇다고 커피 너무 마시지 말고. 알았지?"

아빠는 매번 명심하겠다고 했지만, 아빠가 지방으로 출장을 가시면 돌아오실 때까지 그녀는 늘 불안했다.

순하기만 했던 고모는 그녀가 대학을 졸업할 때쯤, 다행히 뒤늦게 재혼하셔서 새신랑 집에서 알콩달콩 잘 사셨다. 그때부터는 아빠랑 둘이 살았다. 엄마가 한때 살았던 바로 그 집에서….

그녀가 더 크고 나서, 대형 법무법인 변호사가 되고 나서는 불안하니까 운전은 그만두시라고, 자기가 버는 돈으로 충분히 잘 지낼 수 있으니까 취미 생활이나 하시라며, 트럭을 팔고 강제로 집에서 쉬시게 했다. 아빠는 친구들을 만나 술을 한잔하시거나, 가까운 곳으로 좋아하시는 낚시를 다녀오시곤 했다.

그러던 어느 날 집에 들어온 뒤, 약을 드시는 아빠를 발견했다. 그녀는 아빠의 등 뒤에서 오래된 습관처럼 잔소리했다.

"무슨 약을 그렇게 많이 먹어?"
"병원에서 다 처방해 준 건데, 왜?"
"그게 무슨 보약이래? 의사가 미친 거 아냐? 무슨 약을…. 내가 정말, 병원을 따라가 보든가 해야겠네. 무슨 약인지 꼬치꼬치 따져 봐야겠어."
"괜찮아~. 다 필요해서 지어 준 거겠지 뭐."

며칠 후, 아빠는 자살하셨다. 머리맡에 유서를 써두시고 약을 드셨다.

미안해, 딸.

아빠가 말기 암이래···. 좀 됐어.

이젠, 치료도 안 된다고 하더라.

아빠가 먼저 가서 좋은 자리 마련해 둘게···.

우리 딸, 잘 살아야 한다.

늙어서 이빨이 다 빠질 때까지.

그래도 난 널 알아볼 거니까. 알겠지?

죽도록 널 사랑한다.

아빠는 삶을 포기한 게 아니었다. 딸에게 줄 가능성이 있는 모든 부담을 줄인 거다. 슬퍼할 시간조차 최대한 줄여 버린 거다. 그렇게, 그런 식으로, 치사하게···.

미치도록 슬펐다. 아픔도, 고통도, 숨겨왔던 아빠가 미웠다. 그리고 그런 아빠의 아픔을, 고통을, 외로움을 헤아리지 못한 자신이 용서되지 않았다. 도저히 눈물이 멈추지 않았다. 그땐 그랬었다.

어느덧 그녀의 의식은 완전히 현실로 돌아왔다. 그녀는 시어머니를 떠올리자 서둘렀다. 결혼한 이후부터 그녀는 홀로되신 시어머니를 친엄마처럼 챙겼다.

"집에 가자. 어머님 기다리시겠다. 늦으면 걱정하시잖아…."
"우리 결혼기념일이라 늦는다고 말씀드렸는데, 뭘…. 암튼, 당신 덕분에 내가 효자야 효자!"

잠시 후, 그녀는 다시 샤워하고 나와서 수건으로 몸을 닦으며 말했다.

"왜, 점잖고, 품격 있는 섹스가 시시할까? 아니, 물론 가끔 그것도 좋지만, 다양하고 새로운 게 좋아. 왜 그렇지?"
"그게…. 자기 몸에 더 솔직한 거니까. 가식적이지 않고 자유로워지니까. 인간은 계속 새로움을 추구하니까. 내가 당신 앞에서 숨길 게 없고, 당신이 내 앞에서 부끄러울 게 없는 게, 성숙한 섹스, 바람직한 섹스라고 생각해. 난 그렇게 생각해."
"내년엔 해외로 가자. 조용한 바닷가. 태양이 밝고, 바람이 맑고, 모래사장이 예쁜 곳. 개인용 해변이 있는 곳으로…. 가서, 발가벗고 지내자."
"당신이 가고 싶다면, 어디든 가야지."

그들은 천천히 옷을 챙겨 입고 지하 주차장으로 갔다. 탄탄하고 고급스러운 중형차가 삑~! 소리를 내면서 그들을 반겼다.

"내 차는 로펌에 두고 왔으니까. 낼 아침에, 나 법원에 내려 주고 출근해야 해."

"알겠어. 마음 같아선 집에서 법원까지 업어 주고 싶다. 정말이야."

"잠깐, 잠깐만, 아~ 네, 어머니! 지금 우리 들어가고 있어요. 30분 정도 걸리니까 걱정하지 마시고, 피곤하시면 먼저 주무시고 계세요. 네~ 네~"

"당신은, 왜 그렇게 예쁜 짓만 하냐! 세상에 당신만큼 시어머니 챙기는 사람 없을 거야. 미친 거 같아. 정말."

"좋아 죽겠다는 거지? 사랑스럽다는 거지? 근데, 당신한테 줄 깜짝 선물도 있어."

"뭔데? 먹는 건가? 맛있는 거야?"

"이거야! 임신 테스트기! 두 줄이야!"

"뭐야… 뭐? 우리한테 아이가 생긴다고? 대박! 미치겠다! 오, 마이 갓! 그런데 우리 그럼, 오늘 너무 격하게 잠자리를 한 거 아냐?"

"에이, 아직 콩알만 할 텐데 뭘, 다음 주말쯤, 확실하게 산부인과 가 보려고…"

그는 이토록 아름답고 사랑스러운 여인을 만나고 사랑할 수 있음에 하늘에 감사했다. 미소 가득한 그녀의 얼굴을 돌아보며 당장 죽어도 여한이 없겠다는 생각마저 들었다. 문득 그녀를 처음 만났던 날이 생생하게 떠올랐다.

강남의 중견 피부과 병원의 전문의로 일하고 있던 때였다. 그날의 마지막 환자가 들어왔다. 피부과에서 일하며 나름 서울에서 예쁘다는 여자는 다 보고 살았는데, 처음 보는 자연미인이었다. 너무나도 깨끗하고 맑은 느낌이었다. 감각 없이 무의미하게 하루하루 살던 그의 가슴이 쿵! 울렸다. 그녀는 의자에 앉자마자 쉬지 않고 말했다.

"눈물이 멈추지 않아요. 한 달이 넘었어요. 시도 때도 없어요. 아빠가 자살하셨거든요. 눈이 짓물렀어요. 보세요. 빨갛죠? 내일 중요한 재판이 있는데, 이거 보세요. 눈물이 멈추지 않아요."

그녀는 슬픈 얼굴을 하지 않고도 주르륵 눈물을 흘리고 있었다. 울고 있어도 그녀는 너무 예뻤다. 그는 잠시 손수건으로 눈물을 닦는 그녀를 지그시 바라보다가, 그녀가 깜짝 놀랄 만큼 큰소리로 호통쳤다.

"이거 보세요! 뚝, 그치세요! 치료할 수가 없잖아요! 아, 짜증나! 본인이 의사라고 생각해 보라고요. 계속 울면! 어떻게 치료하겠어요. 안 그래요? 오늘 마지막 환잔데, 정말 힘들게 하실 거예요? 네? 정말 그러실 거냐고요!"

예상치 못한 그의 호통에 거짓말처럼 그녀의 눈물이 멈추었다. 그는 천천히 일어나 치료 의자에 조심스럽게 그녀를 앉히고, 차분하게 소독하고, 정성껏 연고를 발라 주었다. 그리고 덧붙여 말했다.

"치료가 하나 더 남았어요. 저와 저녁 식사하셔야 해요. 무조건! 그래야 빨리 나아요."

그들은 병원 옆의 깔끔한 한식집에서 저녁 식사를 함께했다. 그녀는 울지 않고, 별다른 말 없이, 모처럼 식사하는 사람처럼 맛있게 식사했다. 그도 방해하지 않고 아무 이야기도 하지 않고 조용히 식사했다. 식사가 다 끝나갈 무렵, 그녀가 맑은 눈으로 그를 올려다보며 말했다.

"오늘 함께 잘래요? 그냥 잠만…. 너무 외롭고 쓸쓸해요. 도무지 잠이 안 와요."

그는 거절할 수도, 거절할 이유도 없었다.

그녀 집에 도착했을 때, 자그마한 주택의 대문을 열어 마당에 들어서면서 그녀는 말했다.

"저 사과나무는 엄마가 돌아가시기 전에 심으신 건데, 이제는 매년 사과를 따 먹고 있어요. 다 익으면 빨갛고 아주 맛있어요."

현관에 들어서면서 또 말했다.

"텅 빈 이 집에서 전 엄마 아빠 없는 고아가 됐어요. 두 분 다, 이 집에서 돌아가셨거든요."

그녀는 그에게 양해를 구하고 거실의 긴 소파에 누워, 아빠한 테 처음 자전거를 배웠던 이야기, 이모와 함께 아빠를 골탕 먹인 이야기 등등, 자기가 자란 이야기를 종알종알 늘어놓다가 어느새 잠이 들었다. 며칠을 제대로 못 잤을까. 그녀는 잠이 들고도 눈물 을 흘렸다. 그는 손수건을 꺼내 그 눈물을 조심스럽게 닦아주었다. 그녀를 처음 만날 날이 그랬었다.

아련한 생각에 잠긴 듯 운전하는 그에게, 그녀가 핀잔을 주었다.

"뭔 생각해? 운전 조심해! 이 길이 한적해서 더 위험해. 저 앞에 자전거 무단횡단한다. 그 앞에는 파지 줍는 할머니가 카트 끌고 가시네, 보여?"

"다 보고 있어. 그냥 너무 다 좋아서, 심장이 두근거려서 그렇지, 안전속도 유지 중이야."

그러나 정작 그들은 맞은편에서 달려오고 있는 덤프트럭 운전사가 졸고 있는 것을 알 턱이 없었다. 기사는 잠을 설치고, 먼 지방까지 가서 공사장에 필요한 바위를 잔뜩 실은 채 서둘러 올라오는 길이었다. 오직 빨리 일을 마치고 토끼 같은 자식들과 여우 같아도 사랑스러운 아내에게 돌아갈 생각만 하고 있었다. 그러다가 깜빡 졸았는데 꿈을 꾸었다. 딸아이가 놀이터에서 위험하게 놀다가 한쪽으로 넘어지려 했다. 원래 꿈이 그렇듯, 잠깐을 졸아도 길게 느껴지는 거다. 긴장되는 꿈을 꾸며 트럭 운전사는 자신도 모르게 액셀을 점점 더 밟다가, 꿈속의 딸을 움켜쥐려다가, 핸들을 이리저리 휙 틀었다.

찰나, 그 말도 안 되게 짧은 순간에 트럭은 왕복 4차선 도로의 노란 중앙선을 넘어 마주 오던 남녀의 차를 정면으로 들이받았다. 쾅! 소리와 함께 허공이 움찔했다. 순식간에 중형 자동차의 절반이 찌그러지며 접혔다. 벨트를 제대로 하지 않았는지, 트럭 운전사는 유리창을 뚫고 튀어나와 도로에 머리를 부딪히고 몇 바퀴 구르고야 멀리 멈췄다. 그의 머리에서 피가 흥건히 흘러나왔다.

트럭과 자동차 둘 다 브레이크도 밟아 보지 못했다. 어쩌면 부딪히는 줄도 몰랐을 거다. 세 명 다, 두려움도 고통도 못 느꼈으리라.

같은 방향을 향하고 있던 파지 줍는 할머니와 조금 전에 자전거로 무단횡단을 한 청년은, 이 황당하고 경악스러운 장면을 고스란히 목격하면서 비명조차 지를 수 없었다. 그냥 숨이 턱 막혔다. 아직도 트럭의 한쪽 라이트는 환하게 켜져 있었고, 충돌 부위에는 연기인지 수증기인지가 모락모락 올라오고 있었다. 승용차는 앞의 절반이 사라지고, 뒷부분만 남았다. 두렵고 무서워서 두 사람은 다가갈 수 없었다. 할머니가 간신히 숨을 몰아쉬고 나서, 옆에 있는 청년이 들으라는 듯이 말했다.

"아휴, 심장 뛰어. 아니, 무슨 죄를 지었다고…. 저렇게 비참하게…. 어휴."

"일단, 신고부터 해야겠네요….."

　너무나도 순식간에 벌어진 참사에 청년의 목소리도 떨렸다. 청년은 휴대전화로 사고를 신고하고, 할머니와 함께 가로등 아래서 경찰과 구급대원을 기다렸다. 할머니는 다리가 아프시다며 카트에 겹겹이 쌓인 종이 위에 앉으셨다. 몇몇 차들이 비상등을 켜고 사고 현장을 구경하면서 천천히 지나갔다.

　청년은 사실 어려서부터 영혼을 볼 수 있는 능력이 있었다. 어릴 적에는 방 안에 처음 보는 사람들이 가득해서 부모님께 이런저런 사람들이 와있다고 말하곤 했는데, 그때마다 부모님은 다른 사람들에게 말하면 이상한 아이인 줄 알 거라고, 그러니까 가족 외에는 절대 말하지 말라고 당부하셨다. 그리고 관심을 가지지 않으면 안 보일 수도 있으니까 그렇게 해 보라고 가르치셨다.
　그 이후 아무에게도 말하지 않은 사실이다. 대부분의 영혼은 여기저기 그냥 앉아 있거나, 두리번거리며 혼자 중얼거리거나, 지나가는 자신에게 손을 흔드는 정도다. 그리고 그런 능력에 관심을 가지지 않으니까 점점 집중하기 전에는 잘 보이지 않게 되었다. 하지만, 오늘처럼 사망사고를 직접 목격한 적은 없었기에 놀라서 가슴이 계속 두근거렸지만, 궁금한 마음으로 사고 현장을 계속 바라보며 정신을 집중하고 있었다.

그때, 트럭 운전자의 영혼이 그의 사체 위에 나타났다. 그 영혼은 벌떡 일어나더니, 어리둥절한 표정을 짓다가 어디론가 마구 뛰어갔다. 이어서 찌그러진 자동차의 앞부분에서 젊고 아름다운 남녀의 영혼이 나타났는데, 그들은 다행히 둘 다 아무 걱정도 없는 행복한 얼굴을 하고 있었다. 그리고 양손을 마주 잡은 채 천천히 춤을 추듯 빙글빙글 돌면서, 허공으로 떠오르며 아득히 멀어졌다.

청년은 그들이 방금 죽은 사람이 아니라, 마치 하늘에서 내려온 천사의 모습을 닮았다고 생각했다. 그들의 삶을 알지는 못했지만, 자기의 삶을 충실하게 살아온 사람에게 죽음은 오히려 삶의 클라이맥스가 아닐까. 죽음이 최고의 자유와 쾌감을 맛보는 순간이 아닐까. 아무 후회나 미련도 없이 살아온 삶의 완성이 아닐까 하며, 그들의 표정으로 짐작해 보았다.

파지 줍는 할머니는 그들이 비참하게 죽었기에 죄가 있다고 생각하셨나 보다. 하지만, 청년은 아무 두려움도 고통도 느끼지 못한 죽음이 오히려 더 나은 게 아닌가 생각했다.

허공으로 멀리 사라진 그들을 떠올리면서 청년은 왠지 죽음이 꼭 나쁜 것만이 아닐 거라는 생각이 강하게 들었다.

죽음 없는 삶이 있다면, 그 삶이 과연 소중할까? 소중하게 느껴질까? 그렇다면, 결국 죽음이 삶을 소중하게 만드는 것 아닌가. 그러니, 죽음 또한 삶만큼 소중한 대접을 받아야 마땅하다는 생각마저 들었다.

아주 희미한 불빛으로도 희망을 포기하지 않고 아주 작은 온기로도 위안을 가질 수 있는 인간은, 연약한 만큼 아름다운 생물체, 상처받기 쉽고, 아파하고, 슬퍼하고, 죽을 수 있기에, 진정 아름다운 동물이라는 생각도 따라왔다.

여러 상념이 멈추지 않고 청년의 머릿속을 스치고 있는데, 멀리서 구급차의 사이렌 소리가 들려왔다.

사고로 엉망이 된 그곳,
그곳에는 가로등 불빛 사이사이로 얼굴을 내민 어둠과,
도롯가에 수북이 쌓인 낙엽,
그리고 낙엽을 쓸고 가는 한 줄기 바람이 있었다.

야한 남녀

2

강력한 백수

·

·

·

"어유~, 이런 쓰레기 백수 새끼!"

청년의 형이 쓰레기 더미 같은 그의 집에 와서 한 말이다. 너무 지당한 말이다. 여기저기 빨지도 않은 속옷이며 옷가지들이 널려 있고, 다 먹은 컵라면과 과자 봉투들은 휴지통 밖까지 흘러나와 냄새도 진동했을 거다. 형은 잠자고 있던 청년의 엉덩이를 때리며 그를 깨웠고, 그는 마지못해 일어나서 이불을 감싼 채 침대 위에 앉았다. 그리고서는, 욕먹어도 싸다는 생각으로 여유롭게 답했다.

"맞아, 그게 바로 나야!"

쓰레기 백수라며 그에게 호통을 친 형은 환기하려는지 베란다 문을 활짝 열고 나서, 마치 형이 아니라 누나처럼 온갖 잔소리를 해 대며, 구석구석 쓰레기를 치우고 널린 옷가지들을 정리해 줬다. 청년은 침대에서 일어나 함께 돕기도 쑥스럽고 해서 그냥 이불을 감싼 채 한마디 했다.

"그러고 있으니까, 형이 아니라 누나 같다…."

"뭐래, 저 꼴통이! 엄마가 주신 김치 넣어 놨어. 컵라면만 먹지 말고, 차라리 햇반에 계란프라이라도 좀 해 먹고 살아라. 이달 말에, 아버지 생신인 건 알지? 식당 예약해 놨으니까, 늦지 말고 와. 제발."

"고마워~ 잘 가, 언니야. 히히."

문 앞에 서서 배웅하며 던진 그의 농담에도 웃지 않고, 형은 진지한 얼굴로 한숨을 쉬며 현관문을 닫고 떠났다.

사실 그는 완전한 백수는 아니었다. 엄연히 일하고 있는 편의점이 있으니까. 하지만 뭐, 잘나가는 외과 의사인 형의 기준에서는 백수나 마찬가지일 것이다.

청년은 어제의 비참한 교통사고를 떠올렸다. 한순간에 삶을 등지게 된 그 사람들을 보면서 실감이 나질 않았다. 삶과 죽음이 그렇게 가깝게 있다는 게 이상했다. 아무튼 영혼을 볼 수 있는 능력은 그에게 아무런 쓸모가 없다는 생각만 하고 살았는데, 어제는 꽤 쓸 만했다고 생각했다.

사고를 목격한 여파인지 그는 사실 한숨도 제대로 자지 못했다. 계속 잠에서 깨서, 물을 마시고 화장실을 들락거리고 그랬다. 그러다가 새벽이 창밖의 어둠을 야금야금 삼켜버리는 순간, 서서히 밝아지는 세상을 느끼다가 문득, 삶이 느닷없이 소중하다는 생각으로 가득해졌다. 어제의 사고를 계속 떠올리면서 자신은 삶을 너무 하찮게 여기며 형편없이 살아왔다고 생각했다. 더 이상 이렇게 살고 싶지 않다는 생각이 마음속 가장 낮은 곳에서 꾸물꾸물 올라왔다. 너무나도 소중한 삶을, 죽으면 끝인 삶을, 더 이상 함부로 낭비하고 싶지 않다는 열망이 창문으로 날카롭게 들이치는 새벽의 빛과 함께 마구 끓어올랐다. 그리고 다짐했다.

'그래, 어차피 사람, 한 번 죽는 거다! 죽기 살기로 생활 연기를 펼쳐 보자! 지금부터 24시간이 연기다. 최고의 연기를 해 보자.'

사실 연기자 지망생이었던 그는, 형이 뭐라 해서가 아니라 사실 자신이 쓸모없는 백수로 살아가는 게 지치고 겁도 났다. 정말 좀비나 투명 인간이 되어 가는 기분이었다. 혼자 살고 있었지만 홀로 서지는 못한 자신이 한심하게 느껴졌다. 대학을 졸업할 때쯤, 형이 결혼하면 살 거라며 집을 미리 장만했는데, 연기를 하기 위해서 혼자만의 공간이 필요하다고, 잘 되면 나중에 배로 갚겠다고 큰소리치며 그가 독차지하고 있었다.

한동안은 스스로 잘난 줄 알고 살았다. 사람들은 어릴 적부터 그가 잘생겼다고 했고, 중학교 때 담임 선생님은 공부에 별로 관심 없던 그에게 차라리 일찍부터 연기자가 되라고 하셨었다. 그 평계로 중고등학교 때는 가끔 연기학원도 다녔고, 공부 잘하는 형 아래서 어찌어찌하다 보니 그래도 대학은 연극영화과에 입학할 수 있었다. 하지만 신입생 환영회 때 그는 알게 됐다. 우리나라에는 정말 잘생기고 예쁜 사람들이 널렸다는 것을, 그는 정말 아무것도 아니었다는 것을!

연극영화과 선배들과 지도교수는 그를 밍밍하다고 했다. 맹물 같다고, 개성도 없고 싱겁다고 했다. 차라리, 못생겼다고 했으면 듣기 좋았을 거라는 생각도 많이 했다. 그는 잘생기고 예쁘고 연기도 잘하는 동기생들 속에 푹 파묻혀 늘 어색한 들러리를 하면서, 그저 살아남아서 졸업했다. 그는 생각했다.

'무대 공포증? 그런 거 아니다. 그냥 바보다, 난.'

끝없이 광활한 우주를 중심으로 본다면 지구는 한 톨의 먼지에 불과하겠지. 그 한 톨의 먼지 속에 사는 티끌보다 작은 인간은 때로 자만하기도 하고, 그런 자신을 부끄러워할 줄도 아는 연약한 존재일 거다. 하지만 그게 인간다운 게 아닌가. 하며, 수시로 자신을 위로하기도 했다.

'구분하기 힘든 자신감과 자만 사이를 오가는 게 인간이다. 우리다. 바로 나다! 어쩌라고!' 그는 차라리 자만할지라도 더 이상 병신처럼 살고 싶지 않다고 생각했다.

연극영화과를 졸업하고, 대학로에 아는 선배들을 쫓아다니며 하찮은 단역과 존재감 없는 배역을 도맡아 하는 데 지친 그는 얼마 전부터 모든 속세를 떠나 백수를 자청하며, 오직 외삼촌이 운영하는 편의점 알바만 하면서 그럭저럭 생계를 연명하고 있었다. 편의점에는 늘 자전거로 출퇴근했는데 근무 시간은 시도 때도 없었다. 외삼촌은 다른 알바생들이 비는 시간에 자신을 항상 끼워넣었으니까. 그래도 마음은 편하고 좋았다. 하지만 어젯밤 늦게 퇴근하며 참담한 사고를 목격한 이후로 평탄하기만 했던 자기 삶이 문득 아깝다는 생각이 든 것이다.

형이 다녀가고 몇 시간을 더 자고 일어난 그는, 일어나 샤워하고 거울 앞에 섰다. 날마다의 습관처럼 거울을 보고 웃고, 슬퍼하다 울고, 무서운 표정을 지었다가, 만족한 미소를 짓고 나서 편의점으로 출근하기 위해 옷을 입고 휴대전화와 열쇠를 챙기고 집을 나섰다.

'죽기 살기로, 깨어 있는 시간에는, 숨 쉬는 시간은 전부 생활 연기다. 나는 오늘부터 최고의 생활 연기자가 되기로 결심했으니까.' 그러다 보면 연기 실력도 향상될 것이고, 언젠가는 좋은 배역도 그를 맞이할 거라는 확신이 들었다. 왠지 즐겁고 신나는 기분도 들었다. 이미 좋은 배역이 그를 애타게 기다리고 있는 기분마저 들었다.

그는 편의점을 늘 자전거로 출퇴근했는데, 약간 들뜬 마음으로 자전거를 탄 채 집 앞 놀이터에서 노는 아이들에게 한쪽 팔을 번쩍 들고, 손을 흔들며 큰소리로 밝게 인사하는 연기를 펼쳤다.

"얘들아, 안녕? 재미있게 놀아! 다치지 말고!"

그를 자주 보기는 했지만, 동네 꼬마들은 안 하던 짓을 하는 그를 이상하다는 표정으로 바라봤다. 그때, 골목을 돌아서 그에게로 향하는 빨간 자동차를 발견했다. 그는 급히 한 손으로 브레이크를 밟으며 자전거를 멈춰 보려 했지만, 자전거는 비틀거리다 빨간 차 앞에서 꽈당하고 넘어졌다.

아이들에게 다치지 말라고 말하자마자 정작 다친 건 자신이었다. 너무 창피했지만, 자신은 생활 연기자다. 이 상황을 연기로 풀어야 한다. 빨간 자동차에서 놀란 얼굴의 아주머니가 뛰어내렸다.

"어머, 어떡해, 괜찮아요? 다쳤어요? 아유, 어떡해…"

동네 꼬마들이 놀이터 담장에 모여 구경하고 있었다. 적당히 아픈 척을 하며 그는 천천히 자전거와 함께 일어나서, 최대한 온화한 얼굴로 연기했다.

"아닙니다. 괜찮습니다. 제 잘못입니다. 제가 부주의해서 넘어졌으니, 괘념치 말아 주세요. 오히려, 제가 죄송합니다. 많이 놀라셨지요?"
"병원에 가야 하는 거 아니에요? 무릎에 피 나는데?"
"이까짓 거, 며칠 지나면 아물어요. 흉터도 안 날 거예요. 부딪히지도 않았는데, 걱정해 주셔서 감사합니다. 어서, 어서 가세요. 제 잘못입니다."

떠나는 그녀에게 최대한 멋지고 밝은 미소를 환하게 보이고, 다시 자전거에 올랐다. 무릎에서 피가 흐르지는 않았지만, 적당히 까져서 쓰라렸다. 그런데도 기분은 좋았다. 생활 연기 5분도 안 돼서 사고가 나긴 했지만, 뭐, 그 덕에 새로운 배역을 소화해 볼 수 있었으니까.

편의점 앞에 자전거를 묶어 두고 들어섰다. 외삼촌이 그의 모습을 보고 말했다.

"아, 다쳤어? 넘어졌어? 바지는 다 찢어지고, 많이 까졌네."
"괜찮아요, 외삼촌. 살다 보면 뭐 흔히 생길 수 있는 일이니까요. 염려 마시고 저에게 다 맡기시고 퇴근하세요. 피곤하시겠어요…."

청년의 미소는 어느덧 든든하고 믿음직하게 바뀌어 있었다. 염려스러운 표정으로 바라보던 외삼촌은 그 미소를 바라보며 오히려 흡족한 얼굴로 퇴근했다. 대학교에 다니는 알바생이 면접이 있어서 조금 늦는다고 해서, 대신 근무하기로 했었다. 오늘은 네 시간만 땜빵을 하고 퇴근하면 그만이다. 하지만 더 이상 그에게 퇴근은 없다. 편의점에서 퇴근해도 숨 쉬는 순간, 매 순간이 연기니까. 계속, 잘하자! 그는 새벽에 한 각오를 되새기며 손님을 맞았다.

자신을 연기자로 생각하고 나니까 이렇게 편의점 일이 재밌을 줄 몰랐다. 모든 사람에게 적절한 표정과 정겨운 대사를 날리면서, 어느새 단역도 조연도 아닌 주연 연기자로 거듭난 듯한 만족감을 느끼고 있었다.

그때였다. 평소 진상으로 소문난 손님이 들어왔다. 알바생들이 모두 치를 떨며 싫어하는 아저씨인데, 무례함의 대명사였다. 그역시 평소에는 그냥 그런 인간이니까, 빨리 보내 버린다는 생각으로 항상 참고만 있었다. 하지만, 오늘은 그러고 싶지 않았다. 그는 스스로 주인공이 되었으니까.

진상 아저씨가 계산대로 와서 빵과 과자 한 봉지를 연달아 툭, 툭 던지며 말했다.

"저기 끝에 담배, 이거랑 같이 계산해."

싸움엔 전혀 자신이 없었다. 싸워 본 적이 없으니까. 그 흔한 태권도 도장 문 앞에도 가 본 적 없으니까. 하지만 그의 마음속에서는, '잊었니? 넌 생활 연기자야. 주인공이야.' 하는 소리가 들렸다. 그래, 대차게 나가는 거다. 한번, 죽을 각오로 개겨 보자. 저렇게 CCTV가 나를 주인공으로 촬영하고 있으니까. 액션!'

청년은 편하게 미소를 지으며 천천히 말했다.

"손님, 뭐라고 하셨죠? 제가, 반말은 잘 못 알아들어요."

그리고 눈빛 연기! 청년은 진상 아저씨의 두 눈을 강렬하게, 똑바로 바라봤다.

"뭐래, 이 븅신 새끼가!"

청년은 그의 말이 끝나자마자 외치듯이 말했다.

"안 들린다고요! 안 들린다니까, 씨발! 그러니까, 욕하지 마세요."

진상 아저씨의 찢어진 눈이 동그랗게 변했고, 기막히고 어이없다는 표정을 지었다. 그러더니 이내 험상궂게 변했다.

"이게, 미쳤나…"

센 연기를 하긴 했는데, 심장 소리는 북소리처럼 커졌다. 목구멍이 서늘해지면서 불알 두 쪽이 쪼그라드는 기분이 들었다. 이래서 쫄았다고, 말하는 걸까. 그 아저씨의 눈빛이 곧바로 한 대 칠 눈빛으로 변했다. 청년은 무서웠지만 그래도 아저씨의 눈을 계속 똑바로 바라보며, 한 대 맞을 각오를 했다. 피할 생각이 없었다. 표정 관리는 계속 아주 강력한 상태를 유지하고 있었다. 하지만, 팽팽한 긴장감에 얼음처럼 몸이 굳었다.

바로 그때, 고등학생으로 보이는 여학생들 대여섯 명이 떠들면서 우르르 들어왔다. 아! 반가워라. 그녀들이 청년의 눈엔 천사들처럼 보였다. 진상 아저씨도 그들을 의식한 건지 뭔지, 급히 분노를 내려놓는 모습이 보였다. 그가 혼잣말하듯 중얼거렸다.

"하~ 씨발, 어이없네, 정말. 저기, 끝에, 저거 하나…. 줘요."

그는 아마도 이 황당한 상황을 빨리 끝내고 털기로 마음먹었으리라. 다행이다.

'하, 씨발, 나 연기 졸라 잘해!' 그는 마음속으로 자신을 칭찬해 줬다.

"여기 있습니다. 손니~임."

청년은 환하게 웃으며 계산을 마치고 봉지를 건넸다. 아저씨는 더 이상 아무 말도 하지 않았지만, 똥 씹은 표정으로 매장을 나갔다. 청년은 아주 작은 승리를 거둔 뿌듯한 마음이 들고, 어깨가 펴

지면서, 가슴마저 넓게 쫙 벌어지는 느낌이 들었다.

'근데, 다음에 오면 어떡하지? 그때는 아주 비굴하고 겁에 질린 연기를 해야 하나? 아~, 몰라. 씨발!' 하는 생각도 따라왔지만….

진상 아저씨가 떠나고, 천사 같고 명랑한 여고생들이 나가자마자 알바생이 서둘러 들어왔다. 벌써 네 시간이 지났어? 미안한 마음에 조금이라도 일찍 왔다는 그녀가 말끔한 정장을 편의점 유니폼으로 갈아입고 막 나왔는데, 검정 모자를 푹 눌러 쓴 남자가 들어왔다.

짧은 머리에, 얼굴에는 긴 칼자국이 있었다. 그의 얼굴은 무척 강인하고 강렬해 보였다. 보기만 해도 싸늘해졌다. 혹시 북한에서 내려온 특수부대 출신의 테러리스트가 아닌가 생각하고 있는데, 계산대에 그가 내려놓은 물품들은 기가 막히게도 라이터 기름과 부탄가스, 박스 테이프 여러 개와 과일 깎는 과도였다. 그리고 청년에게 공손하게 말했다.

"저기 끝에 있는, 담배도 하나 주세요."
"멋있으세요! 특수부대 출신 같으세요."

청년이 환한 미소와 함께 오늘 연습해 왔던 칭찬하는 연기를 하자, 그가 피식, 웃었다. 그는 돈을 내고, 수고하시라며 고개까지 꾸벅하고 나갔다.

"전 너무 무서웠어요. 근데 어쩜 그렇게 태연하세요? 저 사람 구매한 물품 수상하지 않아요? 저 남자는 눈도 깜짝 안 하고 사람을 죽일 수도 있을 거 같아요."

알바 여학생은 여러 번, 자기 혼자 있었으면 너무 무서웠을 거라며, 저렇게 무섭게 생긴 사람 처음 봤는데 어쩜 그렇게 태연하냐고 호들갑을 떨었다.

"그랬어? 나는 굉장히 외롭고 쓸쓸하고 불쌍해 보였는걸?"

청년은 사람은 원래 다 똑같은 거라고, 거기서 거기라고, 무서워할 필요 없다며 잘난 척까지 했다. 그녀를 따뜻하게 다독이는 연기까지 마치고, 인수인계를 마치고, 피곤해도 졸지 말고 수고하라 말하며 편의점을 나와 자전거에 올라탔다.

가을이었지만, 해가 아직 길었다. 노란 은행나무가 황금빛으로 빛나고 있는 거리는 여러 상점과 어울리며 아늑하고 화사한 기운을 뿜었다. 집으로 가는 길에는 언덕길이 있었는데, 내리막에서는 자전거에 내려서 끌고 가는 게 안전했다. 자전거에서 막 내렸는데, 어젯밤에 끔찍한 교통사고를 함께 목격한 할머니가 파지를 잔뜩 실은 채 카트를 끌고 언덕을 내려가고 계셨다. 청년은 밝은 목소리로 할머니를 불렀다.

"할머니! 저 기억나시죠? 제가 도와드릴게요. 그냥 옆에서 따라오세요."

청년은 어느새 자전거를 언덕 위에 두고 뛰어 내려와서, 할머니 카트의 손잡이를 잡고 있었다. 할머니도 반갑게 청년을 맞고, 고맙다며 옆에서 따라서 내려오셨다. 그는 행복한 얼굴로 할머니의 카트를 잡고, 오손도손 어제의 교통사고 이야기를 나누며 언덕을 내려가고 있었는데, 언덕 아래 입간판 뒤에서 한 여학생이 그 장면을 카메라에 담고 있는 것은 몰랐다.
　그때였다! 언덕 위에서 한 아주머니의 외침이 들렸다.

"아, 악! 안 돼! 안 돼!"

그리고 한 다섯 살쯤 되어 보이는 아이가, 자전거 뒷바퀴에 작은 바퀴가 두 개 달린 자전거를 탄 채 언덕 아래로 내려오는 게 보였다. 분명 자전거를 잘 타지 못하는 것 같았고, 그대로면 자동차가 씽씽 달리는 큰 도로까지 순식간에 굴러 내려갈 것이 분명했다. 청년은 할머니께 카트 손잡이를 넘기고 성큼성큼 자전거를 향해 갔다. 그리고 굴러 내려오는 자전거를 피해, 재빨리 아이의 겨드랑이에 손을 넣어 번쩍 들어 올렸다. 하지만 중심을 잃고 옆으로 꽈당 넘어지고 말았다. 넘어지면서도 아이는 잘 감싸안아서 아이는 멀쩡했지만, 청년은 아까 출근할 때 까진 상처가 또 까지면서 이번에는 정말 피가 줄줄 흐르고 있었다. 아이 엄마는 눈물을 흘리면서 아이를 받아서 끌어안고는 청년에게 어쩔 줄 몰라 하며 말했다.

"고마워요, 감사해요, 정말, 심장이 터지는 줄 알았어요. 제 아이를 살리셨어요! 근데, 피 나요. 어쩌나….."
"괜찮습니다. 며칠이면 금방 아물어요. 걱정하지 마세요. 아이가 다치지 않아서 천만다행이네요."

그는 벌떡 일어나, 약간 절룩거리긴 했지만, 조금 앞에 쓰러진 아이의 자전거를 가지고 올라오며 말했다.

"아이가 많이 놀랐을 거 같아요. 어머니가 더 놀라셨겠죠. 어서 조심히 들어가세요. 제 걱정은 마시고요."

아이 엄마는 청년에게 감사하다며 여러 차례 고개를 숙이고 아이와 자전거를 챙기며 떠났다. 청년은 그들을 보내고 나서야 담벼락에 기대어 상처를 살폈다.

한편, 이 장면을 의도치 않게 계속 촬영하던 여학생은 촬영을 마치고, 손수건을 들고 다가왔다. 염려스러운 얼굴로 할머니도 따라오셔서 한 말씀 하셨다.

"아니, 괜찮아? 괜찮겠어? 많이 다친 거 아니야?"
"할머니, 괜찮을 거 같아요. 제가 돌볼게요. 저 대학교 후배예요."

여학생이 할머니께 말할 때 자세히 보니, 학교 후배가 맞았다.

"아, 너…. 그 영상학과…."
"맞아요, 선배. 학교에서 저 여러 번 봤잖아요. 전 이제 졸업반이에요."

그녀는 청년이 대학교 4학년 때 신입생으로 들어왔다. 저렇게 예쁜 애가 왜 연극영화과가 아니라 영상학과에 들어왔는지 궁금할 정도로 그녀의 외모는 특출했다. 존재감 없던 자기를 기억해 준 것만도 고마운데, 그녀는 지금 무릎을 꿇고, 그의 상처를 그녀의 손수건으로 묶어 주고 있었다. 할머니는 몸조심하라며 떠나셨고, 그녀는 자초지종을 이야기했다.

"선배, 제가 졸업작품으로 이 동네에 관한 다큐를 제작하고 있었거든요. 그런데 우연히 이 언덕을 촬영하고 있는데 선배가 자전거에서 내려서 할머니께 다가가고, 정답게 말하고, 할머니의 손수레를 끌고 내려오는 장면과 아이를 구하는 장면까지 전부 찍게 되었어요. 처음엔 선배인지 몰랐는데, 할머니와 언덕에 다 내려올 때쯤 알게 됐죠. 그리고서는 갑자기 선배가 아이를 구하게 되고…. 근데, 선배. 이 영상 제가 미디어에 올려도 돼요? 제가 다큐 감독이 꿈인 거 아시잖아요. 대신 제가 내일 영화 보여 드릴게요. 이번에 극장에 실화 바탕인 좋은 영화가 개봉했거든요…. 저 시사회 초대권 있어요. 저녁 6시니까, 끝나고 우리 식사해요. 저녁 식사도 제가 살게요. 영상, 미디어에 올려도 되는 거죠?"

"잘나가는 동기들은 모르지만, 내 얼굴에 뭐 로열티가 있는 것도 아니고…. 후배가 정 올리고 싶으면, 올리면 되지 뭐…."

그녀는 무척 예뻤는데 이야기도 참 맛깔나게 잘한다는 생각이 그의 머릿속에서 흘러넘쳤다. 담담하게 영상 공개를 허락한 청년은 내일 저녁 함께 영화를 감상할 기쁨이 그녀에게 너무 드러나지 않게 누르며, 착하고 선한 교회 오빠 같은 캐릭터를 유지하면서 그녀와 약속을 잡고 헤어졌다.

어느새 밤이 되어 있었다. 쓰라린 무릎을 끌고 집에 도착한 그는 전등을 켜고, 그녀가 묶어 준 손수건을 확인하고, 형의 잔소리를 떠올리고는, 계란프라이를 해서 햇반과 함께 맛있게 먹는 연기, 밥상을 치우고 깨끗하게 설거지하는 연기, 상처를 소독하고 약을 바르고 반창고를 붙이는 연기, 커피를 마시며 후배와의 환상적인 데이트를 상상하는 연기, 관능적인 샤워를 하는 연기와, 졸려서 잠자는 연기를 하다가 어느새 잠들었다.

다음 날 편의점은 쉬는 날이었다. 그는 실컷 늦잠을 자고 난 후, 혼자 브런치를 챙겨 먹는 생활 연기를 마치고, 호수공원으로 나가서 비둘기 모이를 주고, 오리의 먹이를 주며, 꽃과 나뭇잎의 향기를 만끽하면서 행복하고 한가한 오후를 보내는 연기를 했다. 그리고 벤치에 앉아 깊은 상념에 잠겼다.

'인간은 무엇으로 사는 걸까. 날이 갈수록 바빠지기만 하는 삶 속에서, 건조해지는 마음과 생기 없는 얼굴, 무의미한 웃음과 의미 없는 미소로 타인만을 의식하며 자신을 잃고, 오직 평범한 사람으로 보이는 연기를 하는 우리는, 도대체 어디로 가고 있는 걸까. 과연 더 나은 미래를 위해 살아가고 있다고 말할 수 있을까? 행복을 위해 살아간다고 할 수 있을까. 나는 인간이 착하게 태어났는지 악하게 태어났는지 모른다. 사실, 둘 다 아니라고 생각한다. 사람은 그때그때 다르니까. 상황에 따라 다른 결정을 내리고, 다른 해석을 내리고, 대부분 자신에게 좋은 쪽으로 대충 해석하고 살면서, 점점 자신을 잃어버리고, 자신이 무엇을 진정 좋아하는지, 무엇을 싫어하는지, 왜 싫어하는지, 자신에게 무엇이 정말 소중한 건지, 자신과 타인의 구분은 어디서 생겨나는지 따위를 생각해 보는 여유는 사치가 된 것만 같다. 자라면서 늘 이러한 생각에 골몰한 나를 보면서 형은 '너나 잘해, 인마!'라며 늘 핀잔을 주었는데, 어쩌면 그게 정말 기막힌 대답이었다는 생각이 문득 들었다. 어쩌면 형은 어려서부터 천재가 아니었을까?'

어느덧 해가 기울고 있었다. 더 이상 돈 안 되는 생각은 집어치우고, 집에 가서 멋지게 차려입고, 후배나 만나러 가야겠다고 생각했다.

만나기로 한 상영관 앞의 스낵 바에 그녀가 먼저 와서 기다리고 있었다. 그는 팝콘과 음료를 사서 그녀와 함께 상영관에 들어가 앉았다. 그들의 자리는 입구와 가까운 앞쪽이었다. 왜 호감이 가는 상대와 함께 앉으면 긴장이 되는 걸까. 마냥 즐거워하는 그녀의 얼굴에 흐뭇한 미소로 답했을 뿐, 그는 평소와는 다르게 할 말을 잃고 앉아 있었다. 영화가 시작되자 그는 차라리 묘한 안도감이 생겼다.

영화가 시작된 지 채 10분도 안 되었을 때였다. 영화 스크린 한쪽에 남녀 여러 명의 영혼이 호들갑을 떨며 빠르게 왔다 갔다 했다. 영혼을 볼 수 있는 능력을 무시하고 살면서 아주 집중하기 전에는 보이지 않던 영혼들이 왜 갑자기 보이는 걸까 궁금해하고 있는데, 극장 입구 쪽 스크린 뒤에서 연기가 나오는 듯했다.

"불, 불, 불이야!"

제일 앞자리에 앉아 있던 남자가 소리쳤다. 정말 스크린 뒤에서 불꽃이 보이기 시작했다. 소리친 남자가 당황하며 입구로 가서 문을 힘껏 밀었는데, 열리지 않자 새파랗게 질린 얼굴로 더 크게 소리쳤다.

"문이 잠겼어! 아, 다 죽게 생겼네!"

　당기는 문을 밀면서, 열리지 않는다고 소리친 그 남자의 말을 듣자마자 사람들은 모두 공황 상태에 빠졌다. 그때, 어디서 그런 생각이 떠올랐는지 모르지만, 청년은 자신이 소방관 역할을 해야 한다는 생각이 퍼뜩 들었다. 소방관 연기 장착, 액션! 앞쪽에 앉아 있던 그는 우선 함께 온 후배에게 따라오라고 말하고 입구에 가서 문을 당겨 열었다. 그리고, 곧바로 큰 소리로 외쳤다.

　"저는 소방관입니다! 여러분 침착하세요! 당황하면 다 죽어요! 침착하게 순서대로 나가세요!"

　우왕좌왕하던 사람들이 순간, 제정신을 차린 듯 주변 사람까지 챙기며 침착하게 나가기 시작했다. 불길이 번지면서 타는 소리에 놀라서 간혹 짧은 비명을 지르는 사람들도 있었다. 불꽃이 커지고 연기가 점점 심해졌지만, 큰 문제 없이 거의 다 빠져나갈 때쯤이었다. 제일 끝에서 나오던 여학생이 계단에서 넘어졌다. 달려가 일으키려는데, 가슴 속에서 강아지가 튀어나와 입구 반대편으로 도망갔다.

"안 돼, 몽순아! 아아, 몽순아….”

“나가요. 빨리! 내가 강아지 데리고 나갈게요.”

울먹이는 그녀를 내보내고 강아지를 찾아 안으로 들어갔다. 바둑이처럼 생긴 어린 강아지는 극장 맨 위, 구석에서 웅크린 채 떨고 있었다. 살그머니 강아지를 안고 입구를 보니, 헉! 소리가 절로 났다. 입구는 이미 화염에 싸여 도저히 나갈 수 없었다.

'아~아, 내가 이렇게 죽나 보다. 이제 막 살 만한 것 같았는데, 조금은 자신도 생기고 있었는데, 좋은 여자도 만났는데, 강아지와 함께 죽는구나…. 어차피 죽을 거라면, 죽을 때까지 연기를 하다가 죽어야지. 이왕이면 두려움 없이 죽음을 맞이하는 연기를 펼치자. 강아지야, 사랑해. 너는 내 죽음의 동반자구나. 근데, 너도, 나도 불쌍하구나. 너는 원래 극장에 오면 안 되는 건데, 숨어서 들어왔구나. 하지만, 우리 죽더라도 오늘을 기억하자. 너와 내가 만난 오늘을….’ 불길이 거세지고 있었다. 연기가 극장 안을 가득 메우고 있었다. 순식간에 숨이 막혀 오고, 속이 메스껍고, 머리가 어지러웠다. 그는 강아지를 꼭 안았다.

그때였다! 불길에 막힌 입구 반대쪽에 다른 입구가 있었는지 몰랐는데, 문이 벌컥 열리면서 극장 유니폼을 입은 사람이 외쳤다.

"아직, 여기, 사람 있나요?"

"여기요! 쿨럭, 여기! 쿨럭, 강아지도 있어요….."

기침하며 대답하긴 했는데, 들렸는지 모르겠다. 청년의 의식은 현실과 멀어지고 있었다. 눈앞이 점점 가물가물하더니 마침내 캄캄해졌다.

병원 응급실에서 그는 깨어났다. 그가 깨어났다며 후배가 큰 소리로 간호사를 부르는 소리에 아직 죽지는 않았다는 자각을 했다. 의사가 와서 여러 진찰을 하더니, 젊고 건강해서 문제없다고, 한숨 푹 자고 일어나면 괜찮을 거지만 잘 지켜보자고 말했다. 그는 아직도 매스꺼움과 어지러움을 느끼고 있었다. 어느새, 기자라는 사람이 옆에 와 있었다.

"127명이에요. 본인이 구한 사람이 127명이라는 거 아직 모르죠? 이제 막 깨어나서."

"강아지도 한 마리 있는데…."

"아, 맞다! 강아지 이야기도 들었어요. 그 이야기도 기사에 넣을게요. 그런데 사고가 났을 때 본인이 소방관이라고 했다면서요. 맞나요?"

"네, 그렇게 말했어요."

"아니, 소방관이 맞냐고요. 그걸 물어본 거예요."

"그건, 아니지만…."

"아니라고요? 그럼, 거짓말하신 거네요. 그렇죠?"

갑자기 말문이 막히고 무슨 죄인이 된 기분이 왈칵 들었다. 대답 못 하고 멀뚱멀뚱 바라보는 청년을 보고 기자가 빨리 말을 이었다.

"아, 물론, 전 이미 그게 거짓말인지 알고 있어요. 연기자 지망생이라면서요? 아니 그런데, 어떻게 그런 긴박한 상황에서 그런 기막힌 거짓말을 떠올릴 수 있냐고요! 거짓말에서도 향기가 난다더니, 아세요? 그 거짓말이 127명을 살린 겁니다. 소방관이라고 외치지 않았으면, 사람들이 무의식중에 따르지 않았을 거래요. 정말 대단한 기지라고 생각합니다. 당신은 영웅이에요. 영웅!"

"처음엔 그렇게 긴박한 상황은 아니었는데…. 127명이라는 건 좀 과분한 거 같은데요?"

"아, 그건 중요한 게 아니에요. 아무튼, 영웅이라고요! 아셨죠?"

침대에 뉘어진 채 그 기자에게 농락당하는 기분이 살짝 들기는 했는데, 암튼, 그의 의도가 칭찬하기 위함이라는 것을 알고는 안도했다. 그때 그 기자 뒤에서 청년이 마지막에 구했던 여학생이 눈물을 글썽이며 불쑥 나타났다.

"오빠, 너무 감사해요. 저하고 우리 몽순이, 오빠가 살렸어요. 저는 저 옆에서 산소호흡기 치료 받았는데, 벌써 다 나은 것 같아요. 저는 오빠를 어떤 식으로든 항상 축복할 거예요. 정말 감사해요!"

"근데, 왜 강아지 이름이 몽순이에요?"

"우리 몽순이는 잠만 자요. 사료 먹고 자고, 물 마시고 자고, 용변 보고 또 자고, 그래서 꿈만 꾸고 사는 거 같아서, 몽순이라고 했어요."

강아지 이야기를 하는 여학생을 바라보고 있는데, 어느샌가 형이 의사 가운을 입은 채 침대 옆에 서 있었다. 그리고 늘 그렇듯이 무표정한 얼굴로 말했다.

"너, 임마! 넌, 자식아! 왜 이렇게 속을 썩이냐. 아버지 어머니가 얼마나 놀라셨는지 알아? 에이, 속상해…."

형의 목소리가 메였다. 까칠하기로 소문난 형이, 세상에서 가장 따뜻한 손으로, 내 손을 꼭 쥐고 있었다. 형의 따뜻한 손길을 느끼다가 근원을 알 수 없는 서러움이 밀려왔다. 처음엔 뭉클한 마음에 울컥 눈물이 맺혔는데, 늘 잘난 척만 하는 줄 알았던 형이 이렇게 따뜻한 마음으로, 사랑으로 그를 품고 있었다는 생각에 미안한 마음이 더해지며 참을 수 없는 눈물이 흘렀다. 청년은 어느새 어깨를 들썩이며 울었다. 물론 그 와중에도, 그는 생애 처음으로 마음에 쏙 드는 배역을 소화하는 중이라는 생각을 동시에 하고 있었다.

아무렇지도 않은데, 다 나은 것 같은데도 병원에서는 검사다 뭐다 하면서 며칠을 더 머물게 했다. 극장과 지자체의 배려로 그는 1인실에 입원해 있었다. 부모님도 다녀가셨고, 편의점 외삼촌과 알바생, 극장 관계자와 소방서장님, 구청장님과 시의원도 여러 명 다녀갔다. 그동안 후배는 마치 그의 여자 친구처럼 오가며 챙겨 주었고, 눈에 띄는 그녀의 미모와 상냥한 성품 때문인지 병원에서는 그녀에 대한 칭찬이 자자했다. 며칠 동안 까다로운 그녀의 기준을 통과한 여러 유명 기자도 인터뷰하고 갔다. 청년은 그녀를 바라보며 마냥 흐뭇한 마음이 들었다. 머리칼에서 싱그러운 향기가 퍼져 나오는 그녀가 옆에서 활짝 웃으며 말했다.

"선배, 완전 스타야. 대스타! 알아요? 매일 9시 뉴스에 나오고, 내가 엊그제 그 언덕에서 찍은 영상 올렸거든요. 완전 대박 났어요. 이틀 만에 조회수가 이렇게나 많아요! 그리고 영상 보여 줄게요. 자, 봐요. 제가 찍은 영상과 그 언덕에 있는 CCTV 화면을 다섞어서 최고의 다큐가 탄생했어요. 영화관 영웅의 다큐를 만든다니까, 아 글쎄, 그 언덕에 있는 가게들이 전부 기꺼이 도와주더라고요. 소방서에서는 용감한 시민상을 줄 거라고 하고, 시청에서는 선배한테 모범 시민상을 주기로 했다는 이야기도 있어요. 그리고 선배가 구해 준 여학생과 강아지 있죠? 그 여학생 아빠가 유명 CF 감독님이래요. 선배를 조만간 꼭 캐스팅하겠다고 여학생이 퇴원할 때 저한테 말씀하시더라고요. 제가 만든 영상 때문에 더 유명해졌으니까 조만간 한 턱 내야 해요. 아셨죠?"

며칠을 입원하고 드디어 퇴원하게 되었다.

후배와는 내일 다시 연락하기로 하고, 형이 승용차로 집에 데려다주었다. 그가 집에 도착해서 현관문을 열자 형은 그동안 사람들한테 시달리느라 알게 모르게 힘들었을 테니 푹 쉬라고, 자신은 내일 학회가 있어서 바로 간다며 담백하게 떠났다.

청년은 천천히 집 안으로 들어와 소파에 앉았다. 그리고 모처럼의 적막감을 마음껏 누리며, 혼자일 때만 온전하게 느낄 수 있는 행복을 맛보고 있었다.

며칠 전만 해도 그는 쓰레기 백수에 좀비나 투명 인간에 불과했다. 그랬던 그가 단 며칠 만에 이렇게 유명 인사가 될 줄은 누구도 상상할 수 없는 것이었다. 기적은 바로 이런 게 아닌가 싶었다.

형이 어느샌가 다녀가며 집을 말끔하게 청소해 놓은 듯했다. 사방이 반들반들했다. 그는 깨끗하게 닦여 맑아진 거울 앞에 서서 거울에 비친 자기 모습을 바라보았다. 표정 연습을 하던 얼굴이 아니라 차분하고 담담한 자기 모습이 보였다.

거울에 보이는 모습이 전부라고 착각하며 살았다. 거울에 보이는 딱 고만큼이 자신이라고 착각하고 살아왔다. 하지만 지금, 그는 자신이 거울에 다 비춰 볼 수 없을 정도로 훨씬 원대하고 신비로운 존재라는 생각을 했다. 말로는 표현하기 어렵지만, 그런데도 분명하게 느껴졌다. 그는 자기 모습과 그것을 뺀 투명함을 바라보며 더 깊고 고요한 상념에 빠져들었다.

며칠이 몇 년처럼 흘렀다.

시간은 과연 존재하는 것일까.

시간이 있다고 착각하고 있는 것 아닐까.

자고 나면 새로운 세상인데,

이어진다고 착각하는 건 아닐까.

그렇게 애매한 시간 속에서,

나는 누구인가.

영웅인가 쓰레기 백수인가.

나는 지금 누구를 연기하고 있는 걸까.

매 순간 변하는 나의 내면을 어떻게 다 표현하고 살아갈 수 있을까.

매 순간 변화하는 게 나라면,

그 어느 것도 내가 아닐 수 있다는 거다.

애초에 나 따위는 없거나 그 전부겠지.

나는 쓰레기 백수인 동시에 영웅이고,

하찮은 동시에 위대하며,

어두운 동시에 밝음이고,

선하지도 악하지도 않다.

중요한 게 아니다.

더 이상 아무것도 중요하지 않다.

전부 나이거나, 전부 내가 아닐 때,

나는 그저 마주치는 내 삶을 열렬히 체험하면서,

점점 더 내 맘에 드는 나를 만들어 가면 그만이다.

순간이 영원한 듯,

순간이 마지막인 듯,

지금처럼만 살자.

그는 거울을 보고 활짝 웃어 보았다.

문득, 창틈으로 기어드는 바람의 소리조차 정답고 따듯하게 들려

왔다.

3

우리가 창조한 괴물

．
．
．

그는 편의점을 나오면서 혼자 허허 웃었다.

'특수부대 출신?' 편의점 청년을 떠올리며 별 웃긴 녀석 다 봤다고, 근데 밉상은 아니었다고 생각하며 미소 짓고 있었다.

소년원에서부터 온몸 구석구석 새긴 문신 때문에 자원입대를 신청했는데도 거부되었던 그다. 사람들은 모두 그를 깡패로 보았지, 누구도 군인으로 보는 사람은 없었다. 자신에게 소중했던 단 한 명의 여자와 저 편의점 청년을 빼고는….

한쪽 다리를 약간 절면서 건널목을 천천히 건너서 자그마한 공원에 도착한 그는, 잔디밭에 털썩 주저앉아 비닐봉지를 부스럭거리며 열고, 편의점에서 구매한 여러 물품 속에서 담배를 꺼내 불을 붙였다. 세상이 참, 그렇게 나쁜 것만은 아닌데 자신은 참 비참하게 살았다는 생각에, 허전하고 쓸쓸한 마음이 밀려왔다. 한숨처럼 길게 담배 연기를 뿜었다.

이제, 모든 걸 끝내자. 무슨 미련이 있다고 미루겠는가.

얼마 전부터 그는 어떻게 살지가 아니라 어떻게 죽을지 궁리했었다. 혼자 죽을까도 여러 번 생각했지만, '데려갈 수 있는 악마들을 데리고 지옥까지 가 보자.' 하며, 괴물이 되기로 결심하였다. 그는 다시 한번 마음을 단단하고 굳게 뭉쳤다. 그리고서 갑자기 바쁜 일이라도 생긴 사람처럼 벌떡 자리에서 일어나 그의 자동차로 가서 운전석에 앉았다. 자동차에 있던 손가방에서 주사기를 꺼냈다. 해가 막 지려 하고 있었다. 시계를 보았다.

잠시 후, 공원에서 운동을 마친 통통하고 키 작은 아줌마가 땀을 닦으며 다가왔다. 그의 차 바로 옆에 주차된 차를 리모컨으로 열고 그녀가 막 그녀의 자동차 문을 열려고 하는데, 남자는 차에서 내려 재빨리 그녀의 등 뒤로 성큼성큼 다가가 그녀의 입을 막고 주사기를 목에 꽂았다. 그녀는 거의 아무런 반항도 못 하고 금방 축 늘어졌다. 늘어진 아줌마를 자신의 자동차 뒷좌석에 길게 눕혔다. 그리고, 차를 몰고 나와 번화가를 지날 때, 그녀의 휴대전화를 창문 밖으로 던졌다.

근처의 야산 속, 구불구불한 길을 따라 들어가 폐업한 지 오래

되어 보이는 작은 공장 건물 앞에 차를 세웠다. 그는 뒷좌석의 아줌마를 질질 끌고 그 안으로 들어갔다. 건물 안에는 사무실로 쓰였던 것 같은 정사각형의 작은 컨테이너가 있었다. 그가 문을 활짝 열자 컨테이너 안에는 이미 두 명의 남자가 발가벗겨진 채, 의자에 꽁꽁 묶여 진땀을 흘리고 있었다. 입은 테이프로 막혀 있었다.

그는 아줌마의 옷을 전부 벗겼다. 빈 의자에 그녀마저 단단하게 묶고 나서, 그는 다른 의자에 앉아 담배를 피우며 세 사람을 천천히 바라보았다.

한 명은 한때 목숨이라도 바치려고 했던 건달 형님이었다. 다른 한 명은 그가 3년을 일했던 흥신소의 사장이었고, 방금 데려온 여자는 장기 밀매를 빌미로 절박한 사람들의 마지막 피를 빨던 아줌마다.

그가 피우고 버린 담배꽁초들이 바닥에 제법 늘어났을 때 아줌마가 슬슬 정신을 차리고 있었다. 그녀는 정신을 차리자마자 의자에 앉아서 담배를 피우는 그를 바라보고는 눈이 동그래지며 두려움에 몸을 떨었다. 그리고 묶여 있는 다른 두 남자를 발견하고는 식은땀까지 흘리며 몸부림치기 시작했다. 그는 아무 동요도 없이 그런 아줌마를 바라만 보고 있었다. 그녀가 지칠 때까지….

그녀가 좀 지쳤다 싶을 때, 그가 자리에서 일어서며 말했다.

"아줌마, 지금부터 조용히 하세요. 안 그러면…. 눈알을 뽑을 거예요. 어차피 당신들은 다 죽어…."

낮고 부드럽지만 단호하고 서늘한 그의 목소리에 그녀는 숨을 죽였다. 발가벗겨진 채 묶인 세 명은 서로를 비참한 얼굴로 바라보았다. 그는 여러 물품이 놓인 탁자 끝에서 플라스틱 물병을 들어 한 모금 마시고, 전체를 다 찍을 수 있도록 설치해 둔 디지털카메라를 켜고, 다시 의자에 앉아서 말을 이었다.

"당신들이 여기에 왜 와 있는지, 왜 죽어야 하는지 설명하지 않을게. 내가 뭐 잘잘못을 따질 자격이 있는 놈도 아니고, 뭐, 꼭 잘못해서 죽이는 건 아니에요. 살다 보면 잘못할 수도 있고 그렇지 뭐…. 나는 내가 괴물이 되었다고 생각해요. 그냥, 나랑 함께 지옥으로 가는 거로 생각하면 돼요. 여기는 외딴곳이고, 방음 처리해서 아무리 소리쳐도 들리지 않아요. 마음껏 비명을 질러도 돼. 지금부터 차례로 한 명씩 죽일 거예요. 쉽게 죽이진 않을 거야. 죽여 달라고 부탁하면, 그때 죽여 줄게…."

스스로 괴물이라 정의한 그는 방음 처리가 된 컨테이너 문을 닫고 사각의 라이터를 집어 들고 일어서더니, 건달 형님의 입을 막았던 테이프를 떼었다. 건달 형님의 양쪽 가슴과 어깨에는 용과 호랑이 문신이 각각 새겨져 있었다. 그 문신들이 꿈틀거렸다.

"너 왜 이래? 씨발, 미쳤냐? 씨발새끼야! 그만하라고!"

괴물은 들은 척도 안 하고, 무표정한 얼굴로 쪼그리고 앉아서 그의 손가락을 태우기 시작했다.

"아! 아! 씨발! 야! 이, 개새끼야! 그만 안 해! 아, 악! 씨발새끼!"

그때, 괴물이 그의 머리칼을 잡아 머리를 뒤로 젖히더니 주먹으로 그의 얼굴을 가차 없이 때렸다. 한 대, 두 대, 세 대. 건달 형님의 입에서 피가 튀고, 코뼈와 이빨이 부러지는 소리가 났다.

괴물은 다시 쪼그리고 앉아서 나머지 손가락을 태웠다. 욕을 하고 소리치던 그의 입에선 피가 흘렀고, 이젠 처절하게 고통을 억누르는 소리만 냈다. 괴물은 한 발짝 물러나더니, 미리 사 둔 토치를 집어 들었다. 그리고 토치에 불을 붙여 건달 형님의 발가락을 지지기 시작했다.

그가 더 큰 고통의 소리를 내며 지렁이처럼 몸부림치기 시작했다. 나머지 두 사람은 두려움에 치를 떨면서 이 장면을 지켜볼 수밖에 없었다.

"제발, 그만해~~~ 씨발! 미안하다고! 잘못했으니까, 제발 그만하라고~~~"

그가 잠시 멈추었을 때, 건달 형님은 그와의 기억을 떠올렸다.

그를 알고 지낸 지 어언 16년이 넘었을 즈음, 약 4년 전쯤에 그는 건달 생활을 접겠다고 했다. 그것도 한낱 여자 때문에. 제일 믿었던 오른팔이 겨우 여자 때문에 자신을 버린다는 생각에 분노와 함께 이상한 질투도 났다. 그만둘 거면 대가를 치르라며, 배신자라며 여러 명이 실컷 두드려 패고 한쪽 다리를 병신으로 만들어서 내보낸 그가, 그랬으니까 다시는 볼 거로 생각하지 않았던 그가, 자신이 다리 병신을 만들지 않았다면 무엇이든 잘할 수 있던 그가, 애인의 수술비가 필요하다며 한 달 전쯤 찾아온 것이었다. 불쌍하게 생각할 만도 했는데 여전히 괘씸했다. 감히, 자신을 배신하고 떠난 그가 돈을 꿔 달라니, 잊었던 분노가 올라왔다. 따귀를 때리고, 동생들을 시켜 실컷 두들겨 패서 보냈다. 기분은 씁쓸하고 찝찝했지만, 그래도 잘한 거라고 위안하며 잊었던 기억이다.

그게 죽을 일이었던가…? 하긴, 그게 아니더라도 살면서 남을 괴롭히고 때리고 힘들게 한 게 자신의 전부가 아니었나 하는 생각이 들었고, 어쩌면 자신은 죽어 마땅하다는 생각마저 들었다. 그때, 그의 목소리가 다시 들려왔다.

"죽여 달라고 하면, 죽여 줄게…."

이제 괴물은 건달 형님의 허벅지를 토치로 지지기 시작했다. 그가 다리를 꼬며 처절한 비명을 질렀다. 이어서, 사정없이 이곳저곳 온몸을 지지다가, 그의 머리카락을 듬성듬성 지지고, 머리통을 잡은 채 왼쪽 귀를 지지고, 오른쪽 눈을 지졌다. 건달 형님은 온갖 소리를 지르고 몸을 뒤틀다가 기절해 버렸다.

잠시 괴물은 의자에 앉아 담배를 피웠고, 나머지 두 사람은 그 장면을 보는 것만으로도 끔찍해서 수시로 눈을 질끈 감아도 보았지만, 살이 타는 냄새와 처절한 비명은 어쩔 도리가 없었다. 그들은 출구가 없는 절망 속에서 눈물 콧물을 흘리며 흐느끼고 있었다.

담배를 다 피운 괴물은 양동이에 물을 받아 건달 형님에게 뿌렸다. 그가 쓰라린 고통을 느끼며 정신을 조금 차리자, 선반 위에 수북이 쌓아둔 소금을 한 줌씩 집어 그에게 뿌렸다. 계속 뿌렸다. 건달 형님은 태어나서 한 번도 지른 적 없는 비명을 지르며 울부짖었다. 잠시 멈춘 괴물이 말했다.

"거울을 보여 줄까? 당신 모습이 얼마나 끔찍한지?"

순간 건달 형님은 깨달았다. 살아도 산 게 아니다. 더 이상 쓸모없는 인간이 되었다. 다 망가졌다. 누구도 만날 수 없고, 아무것도 할 수 없는 흉물이 되었다.

그가 마침내 체념하듯 말했다.

"그만해…. 날 죽여 줘. 제발!"

괴물은 건달 형님의 뒤에 가서 팔로 머리를 감싸 안고 칼로 깊게 목을 그었다. 조금 전까지 비명을 지르던 목에서 피가 튀었다. 그렇게 그는 고개를 떨구고 피를 뚝뚝 흘리다 금세 잠잠해졌다. 깊은 침묵이 함께 따라왔다.

그 침묵 속에서 다른 두 사람이 공포에 떨고 있을 때, 괴물은 미동도 없이 멈춰 서서, 죽음의 신비로움을 경건하게 음미하였다. 그리고 닫혀 있던 문을 열어 한참 동안 환기를 했다.

"이제는 당신 차례야."

한참을 환기하고 다시 문을 닫은 후, 괴물이 흥신소 사장의 입을 막은 테이프를 벗기며 말했다. 테이프를 벗기자마자 사장은 콧물을 마시며 절박하게 말했다.

"하라는 대로 뭐든 다 할게…. 제발 살려 줘…. 잘못했어."
"미안하지만, 당신이 날 위해 해 줄 건 아무것도 없어…. 피를 얼마나 흘리면 당신이 죽을까…?"

괴물은 작은 과도로 그를 찌르기 시작했다. 한 번, 두 번, 세번…. 열 번 정도를 계속해서 찔렀고, 그는 짧은 비명을 계속 질렀다. 괴물은 급소는 피해서, 동맥은 피해서, 너무 깊지도 않게 팔과 허벅지, 옆구리와 등허리를 찔렀다. 발가벗은 그의 몸이 여기저기 피로 물들었다. 그리고 괴물은 의자에 앉아 피 흘리는 그를 감상하며 다시 담배를 물었다.

흥신소 사장은 한 달 전, 그가 애인의 장기이식을 위한 마지막 잔금을 빌려 달라고 왔을 때, 돈 없다고, 애인이 죽든 말든 자신이 뭔 상관이냐며 그를 매몰차게 거절하고 모욕감마저 주었던 것을 뼈아프게 후회했다. 사실, 흥신소 사장은 처음부터 장기이식을 알선하는 그녀와 함께 그를 속였었다.

흥신소 사장은 알 수 없는 두려움과 모멸감 속에서 문득, 통증보다는 서러움이 밀려오는 걸 느꼈다. 자신도 마침내 죽을 거라는 생각도 왈칵 현실로 다가왔다. 이상하게 삶이 송두리째 스쳐 지나갔고, 자신이 평생 남들에게 참 모질게 굴고 못된 짓만 했다는 깨달음과 자책감이 몰려왔다. 피가 나는 상처가 더 쑤셨다.

담배를 다 피운 괴물이 다시 일어났다. 이번에는 찌르지 않고 사방을 칼로 수도 없이 그었다. 그러다가 사장의 얼굴 양옆을 깊고 길게 긋고, 이마까지 긋고 나서야 다시 의자에 털썩 앉았다. 사장의 몸뚱이와 얼굴과 이마에서 피가 주르륵 흘러내렸다. 그는 망가진 자신을 느끼며 흐느끼거나 서럽게 통곡하기를 반복했다.

얼마나 지났을까. 흥신소 사장은 쓰라림과 통증이 조금 줄어들고 약간 몽롱한 기분이 든다고 생각했는데, 그때, 잠자코 앉아 있던 괴물이 벌떡 일어나서 사정없이 소금을 뿌리기 시작했다. 사장은 소금에 절인 미꾸라지처럼 한참 동안 온몸을 뒤틀고 꿈틀거리다가 실신했다. 괴물은 양동이에 물을 받더니, 그에게 뿌렸다. 고통 속에서 깨어난 흥신소 사장은 흐느끼며 힘없이 말했다.

"그냥, 죽여. 죽여 줘…."

괴물은 친절하고 너그럽게 그의 부탁을 들어주듯, 그의 뒤에 가서 머리를 잡고 아까처럼 깊고 깔끔하게 목을 그어 주었다. 그가 고개를 떨구자, 입에서 콧물과 침과 피가 범벅이 된 액체가 흘러내렸다.

이 모습을 모두 지켜보던 아줌마는 이미 제정신이 아니었다. 약간은 넋이 나가 있었다. 차라리 자기가 제일 먼저 죽는 게 나았을 거라는 생각마저 하고 있었다.

괴물이 그녀의 입을 막고 있던 테이프를 떼었다. 그녀가 멍한 눈으로 눈물을 뚝뚝 흘리며, 힘없지만 간절하게 말했다.

"내가 뭘 하면, 뭘 하면 살려 줄 수 있어요? 네? 살려만 줘요…. 제발…."
"아줌마는…. 내가 죽이지 않을 거야. 스스로 죽으면 돼."

괴물은 담담하게 대답하고, 안쪽에서 작은 테이블을 가져왔다. 묶여 있는 그녀의 얼굴 높이에 맞추기 위해서 벽돌까지 테이블 아래 끼웠다. 이내, 테이블 높이가 맞는다고 생각했는지 만족한 표정을 지었다.

그리고 난 후, 죽은 건달 형님의 허벅지와 팔에서 살덩이를 베어 와, 테이블 한쪽에 놓았다. 이어서, 흥신소 사장의 사체에서도 피가 뚝뚝 떨어지는 살점을 떼어 와 그 위에 올려놓았다. 마지막으로 테이블 오른쪽에는 하얀 가루를 쏟아 놓았다. 그리고 처음부터 촬영하던 디지털카메라를 가져와, 그녀 얼굴 앞에 가깝게 세워 놓으며 말했다.

"살점을 먹으며 며칠 더 살다가 시체들과 함께 굶어 죽던가, 약을 먹고 빨리 죽던가, 스스로 정해. 약은 조금만 먹으면 아마 쉽게 죽지도 않고 괴롭기만 할 거야. 다 먹어야 빨리 죽어. 아무도 구하러 오지 않을 거야. 아주 작은 희망조차 품지 마."

괴물은 존엄하게 죽을 수 있는 기회를 주는 거라고 덧붙인 뒤, 문을 굳게 닫고 밖으로 나왔다. 괴물은 창고 앞에 주차해 둔 그의 차 안으로 들어가 의자를 뒤로 젖히고 옷깃을 여미며 푹 기댔다. 피곤했다. 모든 게….

한편, 방음 처리된 두꺼운 문이 굳게 닫히자, 눈이 동그래진 여인은 그 문이 그녀를 세상으로부터 영원히 분리했다는 걸 깨달았다. 삶을 분리하는 문, 죽음의 시작을 알리는 문이 닫히자, 그녀는 천장을 바라보고 눈을 질끈 감았다. 구슬 같은 눈물이 또르르 굴러 내렸다.

그녀는 이미 질릴 대로 질려 있었다. 빨리 죽는 것만이 이 악몽에서 벗어나는 유일한 길이 아닐까 하는 생각을 아까부터 수시로 하고 있었다. 죽더라도 식인종처럼 인간의 살덩이를 먹는 모습을 영상으로 남기고 싶지는 않다고 생각했다. 그렇다고 끔찍하게 살해된 시체들을 바라보며 굶어 죽을 때까지 삶을 돌아볼 용기도 없었고, 살이 탄 냄새도 싫었고, 시신이 썩어가며 뿜어낼 악취도 견딜 자신이 없었다. 차라리 죽음은 축복이 될 거라는 생각이 분명해졌다.

그녀는 영리하게도 입에는 쓰지만 몸에는 아주 좋은, 얼굴도 예뻐지고, 몸매도 날씬해지는 약을 먹는 거라고 스스로 최면을 걸었다. 저 약을 다 먹고 나면, 새로 태어나는 거라고, 분명, 자신이 꿈꿔 왔던 아름다운 여인으로 다시 태어나는 거라고 굳게 믿으며, 심호흡을 크게 한 뒤 고개를 숙여 하얀 가루약을 강아지처럼 싹싹 핥기 시작했다.

그녀의 얼굴 앞에 놓인 카메라에 그 장면이 고스란히 담기고 있었다.

괴물은 깜빡 잠이 들었는데, 어느새 푸르른 새벽의 빛이 대지를 차지하고 있었다. 깜깜한 밤에는 보이지 않던 이름 모를 야생화들이 곳곳에 예쁘고 곱게 피어 있었다. 그는 보조석에 있던 물병을 들어 한 모금 물을 마시고 한껏 기지개를 켰다. 차 문을 열고 맛있게 담배를 피웠다. 차에서 나와 피어 있는 꽃들을 한참 동안 살펴보다가, 창고 안의 화장실에서 피를 닦고, 세수하고, 그들에게 향했다.

　타는 살 냄새와 피비린내로 꽉 찬 컨테이너 안에서, 그녀는 죽어 있었다. 씁쓸한 표정으로 환기를 시키며 그는 생전의 그녀를 잠시 떠올렸다.

　흥신소 사장이 믿을 만한 사람이라며 소개해 주었던 그녀에게, 전 재산인 집과 차를 저당 잡히며 빌린 돈으로 장기이식에 필요한 계약금과 중도금을 지급했었다. 그러고 나자 그녀는 면회객처럼 그가 사랑하는 애인의 병실에 찾아왔었다. 마치 스파이처럼 스카프를 두르고 선글라스를 끼고 병실에 들어왔다. 젊었을 적에 자신이 간호사였다며, 아픈 애인을 여기저기 누르고 안색을 살피고 능숙하게 채혈까지 해 가며, 곧 좋은 소식이 있을 거라고, 걱정하지 말고 잔금만 꼭 준비하라고, 하지만 생각대로 안 돼도 선금과 중도금은 돌려줄 수 없다고 단호하게 여러 번 말했었다.

그녀가 나가는 뒷모습을 본 바로 옆 병실의 보호자는 조심스럽기는 하지만, 그녀가 장기기증을 해 준다며 여러 환자와 환자 가족들의 돈만 가로챈 나쁜 여자를 닮았다고 했었다. 하지만 괴물은 그 말을 믿고 싶지 않았다. 그때는….

하지만, 그녀는 잔금만을 당당히 요구하며, 말도 안 되는 핑계를 이어 가며 시간을 질질 끌었다. 그에게 전부였던, 소중한 그녀가 결국 죽을 때까지….

세상에는,

자신을 위한 거짓말과 타인을 위한 거짓말,

사실과 진실이 있으며 침묵이 있다.

사실과 진실의 차이는 얼마나 큰가.

누가 그 차이를 분명하게 알 수 있을까.

침묵은 또한 얼마나 무거울 수 있는가.

숨기고 싶은 진실과 말하기 싫은 진실,

도저히 알릴 수가 없어서,

어쩔 수 없이 침묵해야만 하는 진실도 있겠지.

얼핏 보면 별 차이가 없는 듯하지만, 거기에는 미묘할지라도 분명 큰 차이가 있다고 생각하면서 괴물은 카메라를 거치대에서 분리했다.

괴물은 이미 자신의 범죄를, 알리고 싶은 사실로 정의하고 시작했기에 아무 주저함이 없었다. 카메라를 챙기자마자 자동차로 가서 트렁크에 있던 깨끗한 티셔츠로 갈아입고, 설렁탕집에 가서 아침 식사를 했다. 뽀얀 설렁탕을 보면서 장기 밀매 아줌마 앞에 두었던 살점들이 생각났다. 그 살점으로 설렁탕을 끓여도 비슷한 모양일 거라는 생각이 들었다.

식사를 마치고 미리 봐 둔 주차장이 넓은 경찰서로 가서 주차했다. 그리고 마지막이라는 생각으로 담배를 한 대 피우고, 경찰서로 들어갔다. 현관에 들어서니 정면에 안내대가 있었는데 젊은 경찰관이 밝게 인사하며 물었다.

"무슨 일로 오셨나요?"
"자수하러 왔습니다."
"무슨…?"
"납치, 감금, 고문, 살인…. 뭐, 그런 거….
"잠시만요….

그는 믿을 수 없다는 표정이었지만, 어디론가 전화를 연결하고 통화했다.

"여기요…. 누가, 자수하고 싶대요…. 살인을 저질렀다는데요? 네네…. 술을 마신 것 같지는 않고요….”

경찰은 전화를 끊고 잠시 기다리라고 말했다. 금세 수사관으로 보이는 사람 두 명이 달려 나와 함께 가자고 말했다. 괴물은 그를 취조실로 안내한 그들에게 비디오카메라와 신분증, 그리고 범행을 저지른 장소의 주소가 적힌 쪽지와 자동차 키를 건넸다. 그리고 나머지는 너무 쉬웠다. 카메라 영상을 살펴보던 수사관이 놀라며 뛰쳐나가 주소에 있는 장소로 수사관들을 보냈고, 다시 들어와 주차한 그의 차량 번호를 물었다. 그리고 종이컵에 담긴 물을 한 잔 건네며 기다리라고 했다.

수사는 일사천리로 진행되었다. 현장에는 범행 증거들이 고스란히 있었고, 차량에도 관련 증거들이 넘쳤다. 심지어 완벽한 영상까지 확보된 상태였고, 당사자가 모두 순순히 자백까지 했으니 수사랄 것도 없었다. 팀장이라고 하는 수사관이 물었다.

"화가 났던 건 알겠는데…. 왜 그렇게 잔인하게 죽일 생각을 했어요?"

"그냥, 쉽게 죽이고 싶지 않더라고요…. 그래서 여러 날 고민하며 계획하고, 창고를 빌리고, 방음 처리를 하고, 그들을 차례로 납치한 거예요."

"얼굴에 상처는 왜 난 거예요?"

"그냥, 어릴 적에 다쳤어요…."

범행이 잔인하고, 증거가 확실하고, 스스로 범행을 자백했기에 검사는 재판이 열리기도 전에 신상 공개를 결정했고, 칼자국이 길게 난 그의 얼굴이 사방에 널렸다. 매스컴에서는 그가 영상에서 스스로 정의했듯이 '살인 괴물'이 탄생했다며 난리를 쳤다. 대도시에서 이런 일이 일어난 게 믿을 수 없다는 말을 덧붙이고, 잔인한 범행에 치를 떨었다. 유치장에서도, 구치소에서도 그는 위험 인물로 간주되어 독방을 썼다. 그게 그에게는 차라리 너무 편했다. 조사를 마치고 나면 홀로 자신의 인생을 돌아볼 여유까지 생겼으니까.

괴물은 자신이 교도소에서 태어났다고 들었다. 창녀였던 엄마는 임신한 상태에서 포주였던 아버지의 폭력을 더 이상 견딜 수 없었다고 한다. 술을 진탕 마시고 잠자고 있던 아버지를 수십 번이나 잔인하게 칼로 찔러서, 초범인데도 무기징역을 받았다고 자신을 13살까지 키워 준 이모가 말해 줬었다. 그래서 그는 교도소에서 태어난 거라고, 더 이상 교도소에서 키울 수 없어지자 생모가 간절히 부탁해서 자신이 키운 거라고, 이모는 수시로 자랑처럼 말했었다.

창녀촌에서 사채를 했던 이모는 놀음을 좋아했는데, 어린 그에게 늘 소주며, 담배며, 과자며, 안주를 사 오라고 시켰다. 그리고 이유도 없이 늦었다며 때리고, 게으르다고 때리고, 밥을 많이 먹는다고도 때렸다. 어린 그는 맞고 사는 게 당연한 줄만 알았었다. 학교도 보내지 않았다.

어느 날, 술에 취한 그녀가 소주 몇 병과 안주를 사 오라고 시켰는데, 잘 사서 서둘러 들어오다가 문지방에 걸려 넘어졌다. 와장창 소주병이 깨졌다. 이모는 화투장을 집어던지고 일어나 욕을 하며 그의 따귀를 사정없이 때리고, 깨진 병을 들고 겁을 주다가, 술김에 그의 얼굴을 긋고야 말았다. 그는 피를 흘리며, 처음으로 이모의 멱살을 잡아 쓰러트리며 외쳤다.

"씨발! 그만 좀 하라고…!"

그러고 나서 13살, 눈발이 흩날리던 겨울에 그는 이모의 집을 나왔다. 차라리 얼어 죽겠다는 각오를 하며….

그가 어린 시절 자란 방은 어두웠고, 그가 살던 집도, 골목도 모두 캄캄했다는 기억만 고스란히 남아 있었다. 그는 자신의 어린 시절 이야기를 여태껏 그 누구에게도 하지 않았다. 죽을 때까지도 하지 않겠다고 혼자 다짐했다. 창피하고 부끄러웠다.

검찰 조사도 빠르고 쉽게 마치고, 몇 차례의 재판이 시작되었다. 검사는 여러 사진과 증거를 보이며 그의 범행을 확인했고, 그 때마다 방청객들은 놀랍고 끔찍하다는 한숨과 탄성을 쏟았다. 검사는 스스로가 괴물이라 하듯 누구도 저지를 수 없는 잔혹한 행위를 했다고 여러 차례 강조했다. 오늘, 검사는 창고를 빌려준 동생을 증인으로 세웠다.

"피고가 창고를 빌려 달라고 했을 때, 뭔가 이상한 점을 느끼지 못했나요?"

"그냥, 형님이 필요하다니까 당연히 빌려드렸죠. 쓰지도 않던 거고…."

"안 빌려 줄 수도 있었잖아요."

"어릴 적부터 알던 형님이고, 형님은 누구보다 싸움을 잘해서 존경했어요."

"이 자리가 뭐, 본인들의 의리를 말하고 그런 자리는 아니에요. 무서워서 빌려준 건 아닌가요?"

"아닌데요…."

한편, 선임된 국선 변호인은 그동안 그의 의견과는 별로 상관없이 미안할 정도로 열심히 변호해 왔는데, 혹시 개인의 명예나 욕심 때문에 저런가 하는 생각마저 들었다. 괴물은 그저 자신과는 상관없는 인형극을 바라보는 기분으로 재판 때마다 무감각하게 앉아 있었다. 그런데 오늘, 변호인은 떠올리기조차 싫은 자신의 이모를 찾아와서 증인으로 앉혔다. 슬픈 얼굴을 하고 증인석에 선 이모를 보자니, 정말 어처구니가 없었다.

"원래는 착했어요…. 어린 게 무슨 죄가 있었겠어요. 제가 모질고 나쁜 년이라…. 저 아이가 잘못된 길에 들어선 거예요…. 제발, 조금이라도 용서해 주세요…."

도대체 그녀는 무슨 생각으로 여기에 와 있는 걸까. 이모는 눈물을 흘리며 자신만을 위한 고해성사를 경건하게 마치고, 미련 없이 법정을 떠났다.

　그날 밤, 구치소에 돌아온 그는 잠이 오지 않았다. 지난 일들이
또다시 새록새록 떠올랐다.
　이모 집에서 뛰쳐나와 무작정 사람이 많을 법한 역전 근처로
갔는데, 늦은 밤이어서 사람들이 별로 없었다. 자신도 모르던 분
노가 쌓여 폭발하기 직전이어서 고개를 푹 숙인 채 역전 옆 공사
장을 걷고 있는데, 한 무리의 아이들이 지나갔다. 여자아이도 몇
섞여 있었다. 그중 한 명이 말을 걸었다.

　"너 집 나왔냐? 야, 너. 얼굴에 피 나. 우리 밑으로 들어와라. 키
워 줄게."

　무시하고 계속 걸으니, 그가 따라와서 어깨를 잡으며 말했다.
일행들도 멈춰서 바라봤다.

　"이, 씨발놈이 말하는데, 그냥 가네… 좆만 한 게…"
　"건드리지 마. 다 죽여 버린다…"

어깨를 뿌리치며 내뱉은, 분노에 가득 찬 그의 말을 듣고는 옆

에 있던 두 명이 가소롭다는 듯 양팔을 잡았다. 그리고 공사장 뒤편으로 끌고 갔다. 그는 차라리 이대로 맞아 죽는 것도 좋을 것만 같았다. 하지만 갑자기, 죽더라도 몸속 가득한 분노를 다 토하고 죽겠다는 생각이 따라왔다.

아버지는 깡패에, 포주다. 어머니는 자고 있던 아버지를 수없이 찌른 냉혈한 살인자다. 겁날 게 없었다. 13살 그는 이미 괴물이었다.

공사장에 도착하자, 그는 잡고 있던 그들을 뿌리치고 잽싸게 쇠 파이프를 집어 들어 그들을 때리기 시작했다. 광기. 그랬다. 그는 타고난 광기가 있었고, 나이에 비해 키도 크고 몸도 탄탄했다. 게다가 빨랐다. 순식간에 대여섯 명이 쓰러지며 피를 흘리자, 나머지는 근처에 오기 두려워하며 긴장하고 있었다. 그때, 청년이라고 할 만한 남자가 뒤편에서 나타나서 사태를 진정시켰다.

그 청년은 그렇게 그에게 건달 형님이 되었다.

사실, 그 이후로도 이모 아래서는 배우지 못한 글을 가르쳐 주고, 먹여 주고 재워 준 게 전부였는데, 그를 오른팔이라고 치켜세우면서 몹쓸 짓은 다 시키고, 마구 부려 먹었다. 물론, 자라면서 용

돈도 조금씩 챙겨 주었고 도장도 몇 군데 보내 주면서 그를 완벽한 싸움꾼으로 만들어 주었지만, 오직 그의 오른팔로 계속 부려 먹기 위해서였다.

그는 타고난 운동신경을 가지고 있었고, 검도와 격투기로 다져지며 누구에게나 두려운 존재가 되어 갔다. 하지만 사람들이 그를 무서워한 이유는 그가 싸움을 잘했다기보다는 겁이 없었기 때문일 것이다. 오늘 죽겠다는 각오로, 오늘은 반드시 죽고 말겠다는 생각으로 싸우는 사람을 살려고 싸우는 자들이 두려워하는 건 당연했다.

얼마 후, 그는 다시 법정으로 향했다. 법정으로 가는 차 안에서 교도관은 판결하기 전 마지막 재판이라며 묻지도 않은 답변을 해 줬다. 이미 세간의 이목이 쏠린 법정에는 방청객이 꽉 차 있었다. 판사가 방청객을 진정시키고 입을 열었다.

"검사, 구형하세요."
"네, 본 검사는 그동안의 재판을 통하여 피고의 잔혹한 범죄를 명백하고 투명하게 증명하였습니다. 피고의 범죄는 누구도 상상하기 어려울 만큼 잔인하고, 치밀하고, 계획적이었습니다. 차마 영상의 일부도 공개할 수 없을 정도로 끔찍합니다. 어떠한 이유로도 이러한 피고가 다시는 우리 사회에 나와 활개 치고 다니게 해서는 안 된다고 생각합니다. 또한, 피고가 저지른 죄는 누구도 용서할 수 없는 극악무도한 일이므로, 피고에게 사형을 구형합니다."

판사는 뭔가 메모하는 것 같더니, 곧바로 재판을 이어갔다.

"변호인, 최후 변론하세요."

"피고는 이 자리에 계신 누구도 상상할 수 없는 그런, 불행한 어린 시절과 유년 시절을 지나왔습니다. 이 사건과는 상관이 없다고 생각하시겠지만, 그러한 과거가 피고를 폭력적으로 만들었고 잔인하게 만들어 왔다고 생각합니다. 그리고 그런 경험들이 점점 절망적인 상황으로 몰아갔다는 점은 분명합니다. 피고는 그가 유일하게 사랑했던 여인을 잃고 나서는 이성이 마비되었습니다. 피고에게 살해당한 세 명의 피해자는 수많은 가해를 일삼아 왔던 범죄자들입니다. 이해하기 힘들지만, 그들의 가족과 지인조차 죽어 마땅한 사람들이라고 증언합니다. 그리고 어찌 보면, 피고의 애인을 죽음까지 몰아간 사람들입니다. 피고는 사랑하는 여인이 사망하자 모든 걸 체념하는 마음으로 그들을 응징하기로 마음먹은 것입니다. 물론! 그것이 이토록 잔인한 범죄의 이유가 되지는 못할 것입니다. 그러나, 피고는 사건을 저지르기 직전에 모든 장기기증을 신청하였고, 오히려 빨리 사형시켜 달라고 말합니다. 자기 잘못을 알고, 어떠한 벌이라도 달게 받겠다는 뜻으로 저는 이해합니다. 존경하는 재판장님, 부디, 피고가 사형만은 면하여 자신의 죄를 뉘우치고, 나머지 삶을 반성하며 살아갈 수 있도록 선처해 주시기를 간절히 바랍니다. 이상입니다."

방청객들이 웅성거렸다. 조금은 어수선해지는 분위기를 다잡으며, 판사는 조금 흘러내린 안경을 올려 쓰고, 피고를 바라보며 근엄하게 말했다.

"피고인은 최후 진술하세요."

괴물은 천천히 자리에서 일어났다. 그리고 주변을 돌아보았다. 방청객 중 누군가가 뻔뻔하다고, 저 뻔뻔한 것 좀 보라고, 말하는 소리가 들렸다. 그는 심호흡하고 천천히 말을 꺼냈다.

"저 같은 놈은⋯. 살아서는 안 된다고 생각합니다. 그래서, 저 같은 놈이 살아서 유일하게 할 수 있는 것이, 저 같은 놈을 죽이는 거로 생각했습니다. 그게, 저 같은 놈이 마지막으로 세상을 위해

할 수 있는 유일한 일이라고 생각했습니다. 하지만 그것마저도 너무나도 추하고 부끄럽습니다. 판사님, 제발, 저를 사형시켜 주시기를 바랍니다."

보름 후에 판결이 잡히고, 재판장에 있던 모두가 뿔뿔이 흩어졌다. 괴물은 다시 포승줄에 꽁꽁 묶인 채로 구치소로 돌아왔다. 독방에 다시 감금되자, 처음으로 법정에서 자신이 하고팠던 말을 했다는 생각에 마음은 오히려 후련하고 편안했다.

사랑하는 그녀가 꿈에 나타났다. 이제 얼마 안 있으면 정말 다시 만날 수 있는 거냐며, 해바라기처럼 활짝 웃었다. 그 역시 자신도 모르게 환하게 웃다가 잠에서 깼다.

그녀는 4년 전쯤, 그가 매일 다니던 식당에서 일하고 있었다. 그는 식사만큼은 누구에게도 방해받지 않고 싶다는 생각에 자신만의 식당을 정하고 늘 혼자서만 식사했다. 그러던 어느 날, 그녀가 먼저 말을 걸어 왔다.

"아저씨는 특수부대 출신 같아요. 늠름하고 멋있어요."
"내가? 아저씨…?"

"에이, 그럼요. 전 2년 전에는 미성년자였으니까 아직, 어려요."

"그렇군."

"전 어려서부터 보육원에서만 살았거든요. 여기 식당은 그 보육원 원장님이 개업하신 거예요. 저기, 설거지하시는 분이에요. 보육원이 닫게 되자 다른 애들은 다 흩어지고, 저만 데리고 이 식당을 하고 계세요."

"그렇구나⋯."

그는 이런 상황이 너무 낯설었다. 모두 얼굴에 긴 상처를 가진, 날카롭게 생긴 그를 보면 피하기 일쑤였다. 그런데 그런 그를 그녀는 너무나도 친근하게 대했다. 약간은 통통한 그녀는 웃음이 해맑고 정겨웠다.

"아저씨, 요 앞, 흥신소에서 일하시죠? 여러 번 나오는 거 봤어요. 맞죠?"

"응."

"저 영화 보여 주세요. 무서운 영환데, 혼자 가기 싫어요. 저 지금 아저씨한테 의뢰하는 거예요. 얼마예요? 얼마면 돼요?"

그는 진지한 그녀의 얼굴을 보다가 피식, 웃음을 터뜨렸다. 그도 자신이 웃을지 몰랐기에 당황했다. 하지만 그녀는 확고했다. 당장 내일 저녁으로 맘대로 날짜와 시간을 정하더니, 사례비는 영화비로 대신하는 거라며 고객과의 약속을 반드시 이행해 줄 거라고 믿는다며 우겼다.

다음날, 그는 마지못해 함께 영화를 보고 나서 그녀를 근처에 있는 패밀리 레스토랑에 데려갔다. 영화의 무서운 장면들을 조잘조잘 이야기하며, 저녁 사 줘서 고맙다며, 맛있게, 너무나도 행복하게 식사하는 그녀를 바라보며 그는 태어나서 처음으로 즐거움이라는 생소한 느낌을 느껴 본다고 생각했다.

식사 후에 커피는 또 그녀가 산다고 우기더니, 커피숍에서 마주 보고 한다는 말이 더 가관이었다.

"아저씨, 저랑 동거하실래요? 저 혼자 살거든요. 혼자 사는 거, 너무 무서워요. 가끔 이상한 사람들도 쫓아오고 그런다니까요. 제가 좀 살이 쪄서 그렇지, 귀엽잖아요. 안 그래요? 숟가락만 하나 가져오면 돼요. 아저씨랑 같이 살면 너무 든든할 거 같아요. 저는요."

커피숍에서 나오자, 그녀가 팔짱을 꼈다. 그녀의 집까지 데려다주었는데, 그녀는 집 구경이라도 하고 가라며 억지로 그를 자기 집으로 데리고 들어갔다. 그러고는 자기 집에 남자가 들어온 건 처음이라고, 영광인 줄 알라고 자랑했다. 구석구석 배어 있는 어린 여인의 향기가 그것을 증명하는 듯했다. 작은 연립주택이었지만 아늑했다. 그는 차를 한 잔 함께하고, 생각해 보겠다며 그녀의 집을 나왔다.

그날부터 식사하러 갈 때마다, 그녀는 언제 자기 집에 오냐며 물었다. 원장님이었다는 식당 주인은 그런 두 사람을 염려스러운 표정으로 바라봤지만, 아무 말도 하지 않았다. 결국 일주일 뒤 간단한 짐을 챙겨서 그녀의 집으로 갔고, 그녀와의 동거가 시작되었다. 동거를 시작한 첫날, 그녀는 축하주라며 과일주를 몇 잔 마시고는 취한 척 그에게 기대어 말했다.

"저 남자랑 한 번도 안 해 봤어요. 근데, 해 보고 싶어요. 아저씨랑…."

그들은 이상하고도 아주 어색한 첫날밤을 함께하고, 서로를 마치 오래된 한 쌍의 연인으로 느꼈다. 그는 그렇게 어린 그녀를 통해 행복의 감정을 알게 됐다. 그녀의 해맑은 웃음, 수줍은 미소, 어색한 손짓, 장난스러운 몸짓, 그녀의 모든 게, 그에게는 커다란 의미가 되어 가슴 벅차게 다가왔다. 그녀와 평온하고 즐겁게 한 달쯤 지내다가, 그는 건달 생활을 접겠다고 결심했다. 이미 오래전부터 환멸을 느끼고 있었는데, 계기가 충분했다.

흥신소 일은 계속 보더라도, 조직에 관한 일은 완전히 접겠다는 그의 말에 건달 형님은 분노했다. 그가 정신이 나갈 정도로 조직의 동생들에게 얻어맞고 늘어져 있을 때, 건달 형님은 그의 왼쪽 다리의 아킬레스건을 잘랐다. 대가를 치르라며….

그는 가까운 병원에서 치료받고, 목발을 하고, 힘든 몸을 끌고, 자신을 기다리고 있을 그녀에게로 갔다. 문을 열고 들어가니, 영문을 모르는 그녀의 눈이 커졌다. 하지만 그녀는 침착하게 그를 눕히더니, 그를 따듯하고 부드럽게 안으며 말했다.

"우리 아저씨…. 너무 불쌍해. 에이, 속상해…."

그러고는 옆에서 흐느꼈다. 다음 날에도, 그다음 날에도 그녀는 아무것도 묻지 않았다. 서서히 그의 상처는 아물었지만, 왼쪽 다리는 영구적으로 절룩거려야 했다. 예전처럼 펄펄 날 수는 없게 된 거였다.

얼마간의 시간이 지나고, 다시 그들은 일상을 찾아가고 있었다. 함께 야식으로 떡볶이를 먹다가 그가 그녀에게 물었다.

"너, 나 사랑하니?"

늘 먼저 호들갑을 떠는 그녀가 왠지 담담한 눈동자를 하고는 차분하게 답했다.

"나는 사랑이 뭔지 몰라요. 사랑은 한계가 없는 거잖아요. 아마 죽을 때까지 다 모르고 죽을지도 몰라요. '이게 사랑이다.'라고, 누가 자신 있게 말할 수 있겠어요? 하지만, 아저씨와 함께하고 싶어요. 죽을 때까지…."

나이에 걸맞지 않은 그녀의 놀라운 대답에, 그가 잠시 멈칫하고 말을 이었다.

"우리도 남들처럼 평범하게 결혼도 하고 그래 볼까…?"
"저 그런 거 싫어요. 저한테 책임감 같은 거, 갖지 마세요."
"그냥, 아끼는 거야. 지켜 주고 싶은 거야. 함께, 지금처럼만 행복하고 싶은 거라고. 나는 더 욕심 없는데, 그것도 과분한 건가?"

"저 언제 죽을지 몰라요. 어려서부터 심장이 안 좋았어요. 그래서 부담 주고 싶지 않아요."

"나도 언제 죽을지 몰라. 일하다가 맞아 죽을 수도, 칼에 찔릴 수도 있고, 교통사고가 날 수도 있잖아."

"그러니까, 딱 지금처럼만 지내요. 더 이상 가까워지지 말자고요."

그녀는 단호했다. 그녀가 어딜 가나 약을 꼭꼭 챙겨 먹고 가끔 얼굴이 새하얘지거나 새파래지곤 했지만, 심각한 줄 몰랐다. 그녀가 그만큼 철저하게 숨겨 왔다는 게 놀라웠다. 진지한 표정이었던 그녀는 장기이식 신청이 되어 있다고, 잘 되면 오래도록 함께 잘 살지도 모른다며, 환하게 웃었다.

그녀는 가끔 혼자 교회에 가서 기도하곤 했는데, 다녀오면 다 잘될 것 같고 기도가 잘되었다고 했다. 하지만 1년이 채 되지 않아서 병원에 입원을 한 채 날마다 장기이식만 기다리는 처지가 되었다.

그의 삶에서 소중한 건 오직 그녀뿐이었다. 자기 심장이라도 꺼내 주고 싶은 여인이었다. 그는 불법 장기이식이라도 하겠다는 심정으로 여기저기 알아보다가, 마침 일하고 있던 흥신소 사장을 통해 장기이식 전문이라는 아줌마를 소개받았다. 그녀는 이것저 것 묻더니 잘될 거 같다며, 선금 70%를 요구했고, 흥신소 사장은 그녀와 함께 살고 있던 집과 그의 차를 저당 잡고, 신체 포기 각서 까지 쓰고서야 돈을 빌려주었다.

얼마 뒤, 그녀는 어렵게 장기를 구했는데 빨리 잔금을 줘야 수 술할 수 있다고 큰소리를 쳤다. 흥신소 사장은 더 이상 한 푼도 빌 려줄 수 없다고 잡아떼었다. 그리고 너무나도 어렵게 찾아간 건달 형님은 그를 흠씬 두들겨 패서 돌려보냈다.

얻어맞은 상처를 최대한 치료하고 병원에 갔을 때, 그녀는 또 다시 말했다.

"우리 아저씨…. 너무 불쌍해. 에이, 속상해…. 난 아저씨가 제일 소중한데, 누가 아저씨를 자꾸 때리는 거야. 너무 속상해…."

그 말을 마치고 그녀는 급속히 상태가 나빠졌다. 회진을 온 의 사는 마음의 준비를 하라고 하고 나갔다. 한밤중에 그녀가 정신을 차렸다. 그리고 힘들어했지만, 또박또박 말했다.

"나 아저씨랑 함께 있을 때, 가끔은, 하나님과 함께 있는 것만

같았어요…. 너무 평온하고 든든해서, 아무런 두려움이 없었거든
요…. 지금도…. 그래요….”

그게 그녀가 희미하게 미소 지으며 한, 마지막 말이었다.

그녀의 죽음에도 그는 울지 않았다. 간단하게 장례 절차를 마
치고, 봉안당에서 화장하고, 그녀가 좋아하던 강에 그녀를 뿌리고
돌아오면서도 그는 울지 않았다. 대신, 뿌리를 모를 억울함이 분
노가 되어 가슴 가득 메우고 있었다.

선고일이 되었다. 그는 피고인석에서 판사가 하는 어려운 말들
을 이해하지 못한 채 책상을 바라보며 멍하게 있었는데, ‘피고에
게 사형을 선고합니다.’라는 말이 들리며 현실로 돌아왔다. 판사
는 선고하고도 계속 말을 이었다. 판사의 목소리는 근엄했지만,
부드럽고 따뜻했다.

“저는 피고에게 사형을 선고했지만,
그러나 마음이 너무 아픕니다.
정말 참담한 기분이 듭니다.

우리는 정의라는 이름으로 악당을 단죄하는 영화를 즐겨 봅니다. 대리 만족과 카타르시스를 느끼는 겁니다.

어쩌면 우리 사회가 피고를 통해서,
살인을 청부했는지도 모른다고 생각해 보았습니다.

우리도 피고처럼 똑같이 태어나고 자랐다면,
모두가 같은 실수를 저질렀을지 모른다는,
그런 생각도 해 보았습니다.

피고의 잘못은 결국,
우리 모두의 책임입니다.

우리가 겨우,
이 정도의 사회밖에 만들지 못한 탓입니다.

우리가 타인에게 관심 없이 살았고,
불우한 사람을 업신여기며 살았기 때문입니다.

그 누구도 피고에게 따뜻한 사람이 없었습니다.

우리가 모두, 그만큼 불쌍하다고 생각합니다.

법에 따라 우리는 피고를 사형에 처하지만,

지금, 이 순간, 우리도 모두 참회하며
더 나은 세상을 만들어 갈 다짐을 하는

그러한 계기로 삼아야 할 것입니다.

이상…. 재판을 마칩니다.”

힘겹게 일어서는 판사의 안경 너머에 안타까운 슬픔이 반짝였다.

　괴물의 눈에도 어느새 눈물이 주르륵 흐르고 있었다. 아주 어릴 적, 이모에게 맞으며 몇 번 울었던 이후로 단 한 번도 흘려 본 적 없는 눈물이었다. 아무리 맞아도, 아무리 아파도, 아무리 힘들어도, 울지 않았다. 사랑하는 그녀가 죽었을 때도 흘리지 않았던 눈물이었다. 그랬던 그가 어깨를 들썩이며 연약한 아이처럼 흐느끼고 있었다.

며칠 후, 그는 감옥에서 목을 매 자살했다.

그와 제일 친했던 교도관이 그를 발견하고 황급히 다른 교도관들을 불렀다. 사태를 수습하는 동안에 교도관은 침상 위에 그가 써 놓은 유서를 발견하고 읽어 내려갔다.

저는 무식해서,

사형수가 장기기증이 되는지는 알지 못합니다.

하지만 저는 이미 장기기증 신청이 되어 있고,

저 같은 놈이라도 괜찮다는 사람이 있다면

제 모든 뼈와 살까지 다 바치겠습니다.

죄는 제 마음이 지은 거지,

제 몸이 지은 건 아니잖아요.

부디, 선처하여 주십시오.

그는 그렇게 죽음을 통해, 사랑하는 그녀에게 갔다.

그가 세상을 떠난 감옥의 독방에는 어디선가 꽃향기를 머금은 바람이 불어왔다.

4

그녀가 웃는 이유

.

.

.

　　단잠에 빠진 절대자의 숨결처럼, 바람이 천천히 불어오다 멈추고 또 불어오다 멈추는, 햇살 가득한 오후. 부드러운 그 바람은 차분하고 담담한 마음을 불러일으켰고, 피어나는 들꽃 향기와 푸릇하게 새로 돋아나는 이파리의 내음이 섞여 아가의 숨결처럼 달콤했다. 바람을 감싸 안은 화사한 햇살은 온화하고 평화로운 느낌마저 들게 했다. 남편의 출근을 돕고, 아들을 유아원에 데려다 놓고, 그녀는 집 바로 뒤편에 있는 자그마한 산에 올라 봄을 만끽하고 있었다.

　　신은 언제나 침묵했고 무관심했다. 적어도 그녀는 살아오면서 그렇게 느꼈다. 하지만 결국 그녀의 삶을 통해 무언가를 끊임없이 생각하게 하고 깨닫게 한 것도 바로, 신이었다는 생각이 들자 경건한 마음이 거대한 봄바람과 함께 뭉클거리며 밀려왔다. 그녀는 지금 행복했다. 그리고 자신이 삶을 더 깊이 이해할 수 있음에 감사했다.

　　작년 가을쯤, 뉴스에서는 연일 살인 괴물이 탄생했다며 난리를 쳤다. 별 관심 없이 뉴스를 보던 그녀는 괴물의 신상 공개 결정이 나고 나서 그의 얼굴을 보게 되었다. 얼굴에 긴 칼자국이 있는 그를 보자 또렷하게 기억이 났다. 8년 전에 보았던 바로 그 얼굴, 잊으려 해도 잊을 수 없던 얼굴인 것을…!

그 괴물이 오늘 사형선고를 받았다며 다시 뉴스에 나왔다. 묻어 두었던, 아무도 모르는, 비밀로 간직했던 기억이 떠올랐다.

8년 전, 막 대학을 입학하고 난 후였다. 점심시간이었다.
고등학교 때부터 동창인 친구가 멍한 얼굴로 학교 운동장 벤치에 앉아 먼 하늘을 바라보고 있었다. 그녀는 살금살금 그녀에게 다가가 놀라게 해 주려고 했는데, 가까이 가 보니 그녀는 아무도 모르게 눈물을 흘리고 있었다. 그녀는 조심스럽게 물었다.

"왜? 무슨 일인데…? 무슨 일이야?"
"아아, 아니야. 그냥…. 괜찮아. 나 좀 그냥 혼자 있게 해줄래? 미안…."

혼자 있게 해 달라는 부탁을 무시하고 막무가내로 다그치긴 뭐해서, 그녀는 소화도 시킬 겸 천천히 운동장을 돌았다. 맑은 공기에 머리가 맑아지는 기분이었다. 하늘이 참 맑았다.

고등학교 때 친구들은 그녀를 정의로운 일진이라고 했다. 그녀는 다니는 여고에서 독보적이었다. 공부도 늘 상위권에 머물렀지만, 그보다는 어려서부터 운동을 좋아한 그녀가 킥복싱과 유도, 검도를 익혀 오면서 누구도 대적할 자가 없다는 거였다. 공정함과 정의로움을 내세우며 그녀는 늘 친구들을 도왔고, 소위 논다는 아이들은 여러 명 그녀에게 맞은 적도 있고 해서 전부 그녀를 슬슬 피했다.

누가 봐도 당차고 시원시원하게 생긴 그녀는 가히 학교 전체를 통치하는 위치에 있었고 어느덧 친구들은 억울하고 속상한 일이 생기면 제일 먼저 그녀를 찾곤 했었다. 그런데 조금 전, 동창은 그런 그녀를 무슨 이유에선지 밀어낸 것이다. 아마도 혼자 스스로 해결할 일일 거로 생각했다.

오후 수업을 마치고, 어둑해질 무렵 학교를 나섰다. 가로수가 길게 늘어져 있는 보도블록을 따라 무심코 걷는데 골목에서 날카로운 목소리가 들렸다.

"이 씨발년이 어디서 뺑을 쳐! 응? 너 좀 맞아 볼래?"
"미안해…. 내일, 어떻게 해 볼게…."

"나랑 장난해? 씨발, 어제도 내일이라고 했잖아!"

골목 안을 보니, 동창이었다. 동창이 양아치 같은 여자애들 두 명에게 당하고 있었다. 아까 왜 힘들어했는지 알 만했다. 그녀는 성큼성큼 다가가 동창 앞을 막아서며 그녀들에게 말했다.

"좋게 말할 때, 꺼져라. 처맞기 전에."

노랗게 머리를 염색한 애가 비웃으며 곧바로 그녀에게 발차기 했는데, 그녀는 보기 좋게 발을 잡아당기며 배를 때렸다. 다른 애가 주먹을 뻗어 왔다. 그녀는 살짝 피하며 주먹으로 얼굴을 힘껏 때렸다. 순식간에 두 양아치가 바닥을 구르며 아파했다.

그녀는 동창을 데리고 골목을 나오며 양아치들에게 다시는 나타나지 말라고, 다음엔 가만두지 않겠다고 엄포를 놓았다.

그녀는 고맙다고 말했지만, 이내 수치스러움을 느꼈는지 침묵했다. 그녀를 버스 정류장까지 데려다주고, 떠나는 그녀를 확인하고, 다른 친구들 약속에 늦지 않게 서둘렀다.

그녀는 아무 일도 없던 것처럼, 몇몇 친구들을 만나 즐겁게 저녁 식사하고 실컷 수다를 떨다가 집으로 갔다. 그렇게 그 사건은 끝인 줄만 알았다.

하지만 다음 날, 조금 늦게 학교 수업을 마치고 교문을 나와 어제 동창이 수모를 당했던 그 골목을 지나가는데, 어제 부딪쳤던 양아치들이 그녀를 불렀다. 가소로웠다. 그녀는 의기양양하게 골목으로 따라 들어갔다. 그녀들 뒤로 남자 두 명이 서 있었다. 한 명은 덩치가 좀 있었는데 둔해 보였고, 다른 한 명은 검은 모자를 푹 눌러썼는데, 얼굴에는 긴 칼자국이 있었고 무척 날카롭고 다부지게 보였다. 둘 다 20대 초반이나 중반 정도로 보였다. 덩치 큰 남자가 거들먹거리며 말했다.

"니가 우리 애들을 때렸다며. 맞아?"
"뭐야, 애들처럼 유치하게 편들어 주러 온 거야? 꼴값하고 있네…."

그녀가 비웃음으로 받아친 순간, 칼자국이 있는 남자가 번개처럼 다가와 뺨을 때렸다. 턱이 휙 돌아갔다. 그녀는 악 소리도 내지 못하고 바로 기절했다. 눈 깜짝할 사이였다.

그녀가 기절하자, 아까 초저녁에 그녀에게 맞은 여자애 둘이 어둠 속에서 나타났다.

"좆도 아닌 게, 까불었네. 씨발."
"병신 같은 년!"

그녀들은 그녀를 골목 안쪽의 공사 중인 건물 안으로 끌고 들어갔다. 그리고 외투를 벗기고, 블라우스 단추를 풀고, 치마를 걷어 올리고 팬티를 벗겼다. 덩치 큰 남자가 벨트를 풀고 바지를 내리더니, 그녀를 강간하기 시작했다.

"아, 씨~ 잘 안 들어가네. 뭐야 이거? 야야, 깨려고 한다. 재워 봐."
"결국, 마취제를 써야 하네. 젠장….."

노랑머리 여자애가 투덜거리며 손수건에 약품을 따라, 그녀의 코와 입을 틀어막았다. 그때 덩치 큰 남자가 말했다.

"근데, 얘 피 나. 뭐냐? 생리야?"
"아닌데? 피가 빨개. 처녀인가 봐. 잘난 척 졸라 하더니, 아다였어?"
"아, 씨발. 휴지 없냐?"

몇 발짝 떨어져 못마땅하게 지켜보던 칼자국의 남자가 짜증 나는 듯 강하게 말했다.

"그만들 좀 해라. 가자!"

그의 말이 떨어지자마자 그들은 두말도 안 하고 곧바로 주변을 정리하고, 벗겨진 그녀의 옷을 대충 덮어 놓고 떠났다. 그들이 건물을 나서자 어둠 속에서 개들이 짖는 소리가 들렸고, 네 명의 남녀는 아무 일도 없었다는 듯 그 어둠 속으로 사라졌다.

얼마나 지났을까. 그녀가 어지러운 머리를 추스르며 깨어났다. 옷은 헝클어져 있었고, 가랑이 사이에 피가 묻어있었다. 골반이 뻐근했다. 춥고 치욕스러웠다. 아직도 어지러운 몸으로 벗겨진 옷가지를 주워 입으며, 그녀는 애써 기억을 되짚어 보았다.

그렇게 빠른 사람을 본 적이 없다. 그녀는 뺨을 맞던 순간을 기억했다. 분명 네다섯 걸음 떨어져 있었는데, 정말 찰나의 순간에 그녀는 단 한 대의 뺨을 맞고 기절했다. 이해가 되지를 않았다. 정말 귀신 같았다.

중간에 잠깐 정신이 돌아왔을 때 동창을 괴롭히던 그녀들의 목소리가 들린 듯했지만, 다시 정신을 잃었었다. 도대체 몇 명에게 강간을 당했는지조차 알 길이 없었다. 최소한 두 명에게는 강간당했겠다고 생각하니 처참했다.

아직도 현실이라고 믿기지 않았다.

불쾌한 기억은 거짓말의 이유가 되었다. 그녀는 조금 정신을 차리자, 걱정으로 잠 못 이루실 엄마에게 먼저 문자를 했다. '엄마, 친구가 자기 집에서 놀다 가재, 많이 늦을 거 같아. 늦으니까 먼저 자.'라고….

그녀는 옆에 내팽개쳐진 그녀의 가방을 챙겨 들고, 찝찝한 건물을 나와 근처 공원으로 갔다. 딱 하루 만에, 아니, 단 몇 시간 만에 그녀는 삶이 송두리째 망가진 기분이 들었다. 아무도 들리지 않게, 마음속으로 크게 외치기 시작했다. '아아악! 더러워. 정말! 내가 뭘 잘못한 거지? 너무 잘난 척하며 오만하게 산 거야? 그래서 벌 받는 거야? 차라리 더러운 생각 안 나게 팍 죽어 버릴까? 아니면, 막장 드라마처럼 나를 분노하게 한 그 인간들을 차례차례 찾아내서, 잔인한 방법으로 단죄하고, 장엄하게 죽어 버릴까? 근데 그건 너무 억울하잖아. 내가 그것밖에 안 돼? 이러려고 태어난 거야? 내가? 그건 아니지…. 아니겠지….'라며, 마음속으로 끊임없이 생각하다가 무심코 옆에 있는 돌을 주워서 가로등 옆에 커다란 나무를 향해 던졌다. 딱! 소리가 나고 굴러떨어지는 돌을 보면서 나무에게 왈칵 미안한 마음이 들었다. 그저 묵묵하게 서 있던 것 뿐인데, 나무가 무슨 죄라고….

　누구에게 이 사실을 말할 수 있을까. 경찰에 알린다면 모든 사실을 끝없이 되풀이하며 모두가 알게 되겠지. 연약한 엄마와 고지식한 공무원 아빠가 아신다면 거품 물고 실성하실 게 분명하다고 생각했다. 막상 믿고 털어놓을 친구도 없었다. 결국, 어디에도 하소연하거나 말할 데가 없었다. 눌려 있던 눈물이 그녀의 몸속에서 꿈틀거리다 자꾸만 역류하기 시작했다. 서러웠다. 더럽게 서러웠다. 삶이 한 편의 긴 장편소설 같은 것으로 생각하고 살았는데 아니었다. 죽고 싶다는 생각으로 죽음을 마주한 순간에 떠오른 삶의 단상들은, 차라리 한 편의 시처럼 간결한 것이었다. 인생 뭐 별거 없더라는 말이 머릿속에서 안개처럼 가물거렸다. 그리고 몹시 추웠다.

　어느덧 밤이 늦었다. 그녀는 힘없이 집으로 갔다.

　거실에서 티브이를 켠 채 잠드신 엄마가 깨지 않게, 살금살금

몰래 집에 들어온 그녀는 샤워를 마치고 자기 방에 들어와, 마치 화살을 맞은 사슴처럼 비틀거리며 침대로 쓰러졌다. 불을 켜지 않아도 환한 달빛이 방 안을 가득 메우고 있었다. 이불도 덮지 않은 채 몸을 잔뜩 구부리고 옆으로 눕자 몇 시간 전의 일이 다시 떠올렸다. 자신이 전혀 다른 사람이 되어 있는 기분이 들었다. 서러움이 밀려왔는데, 왜 밀려오는지도 몰랐다. 그러다가 문득, 빛의 조각들이 아직도 살아서 꿈틀거리는, 엽록소가 가득한 샐러드를 먹고 싶었다. 몸 대부분을 차지하는 수분도 갈망했다. 살고 싶다는 본능, 아직은 존재하고 싶다는 열망, 더 이상 비참하지 않겠다는 다짐…. 그런 생각들이 그녀의 마음을 채우자, 엄마가 냉장고에 씻어 놓은 샐러드가 생각났다. 그래, 샐러드를 꺼내 먹자. 아삭, 아삭거리며, 토끼나 염소보다 더 맛있게 먹어 치워야지. 상상만으로도 뼈와 살이 되살아나는 느낌도 들었고, 의식도 점차 명료해지기 시작했다. 몸을 움직여 냉장고를 향했다. 그리고 그녀는 결심했다.

'그래, 비밀로 남기자. 죽을 때까지 아무도 모르게, 나만의 비밀로 간직하는 거다!'

어차피 그들은 자신들의 범죄를 떠들고 다니지 않을 거고, 자신만 말하지 않으면 아무도 모를 일이라는 확신이 들었다. 갑자기 기분이 가벼워졌다. 가져온 샐러드를 맛나게 먹으며, 그래도 다행이라고 생각했다. 대부분의 성폭행이 미성년일 때 일어나는데, 그래도 자신은 성인이니까 나은 거라고. 그리고 차라리 잘 된 거라고, 귀찮고 번거로운 처녀성을 떼어 버린 거라는 생각마저 하고 있었다.

밤새 뒤척이다가 창밖을 보았다. 빛이 어둠을 살금살금 잡아먹기 시작하면서, 어둠에 갇혀 있던 풍경들이 하나씩 제자리를 찾아가고 있었다. 빌딩은 빌딩으로, 나무는 나무로, 호수는 호수로, 비둘기도 날아가며 자기 모습을 찾아가고 있었는데, 그녀만 제 모습을 찾지 못하고 유령처럼 창문에 서 있다는 생각이 들었다. 그러다 다시 잠들었다. 다음 날은 토요일이었는데, 다행히 모처럼 일정 없이 쉬는 날이었다. 엄마는 늦잠을 자는 그녀에게 들어와 혹시 어디가 아프지는 않은지 머리를 짚어 보다 나갔다. 다시 눈물이 났고, 눈물을 흘리다가 또 잠이 들었다. 온종일 잤다. 그러고 나서야 몸도 마음도 기운이 났다. 일요일부터는 이미 약속된 친구들도 만나고 아무 일도 없던 것처럼 굴 수 있었다. 자신의 탁월한 회복력에 놀라며 스스로 칭찬도 해 줬다. 양아치들은 그 사건 이후로 눈에 띄지 않았고, 동창은 더 이상 괴롭힘당하지 않고 미소를 되찾고 있었다. 하지만 그게 끝이 아니었다. 며칠 뒤부터 냉이 나오기 시작했다. 아무에게도 말할 수 없었다. 얼마나 무서웠는지 모른다.

수업이 없는 시간에 학교 운동장에 나와서 한숨 쉬며 혼잣말했다. '세상, 더럽게 아름답네! 나만 좆같네!' 하면서, 고민하고 고민하다가 틈이 나는 시간에 산부인과에 갔다. 소변 검사를 했다.

다행히 성병은 아니었다. 의사 선생님은 스트레스가 많으면 그럴 수 있다며, 며칠 먹을 약을 처방해 주셨다. 그녀는 병원을 나서며 노을 진 하늘에 감사했다.

서울에 있는, 그래도 어깨에 힘을 줄 수 있는 대학의 신문방송학과에 다니는 그녀는 신입생들 사이에서 눈에 띄었다. 신입생 환영회에서도 인기가 많았다. 하지만 그녀는 술도 잘 마시지 않았다. 별로 좋은 걸 몰랐다.

하지만 그녀는 오늘 과 동기들과의 술자리에서 처음으로 술이란 걸 진탕 마셔 보았다. 너무 기분이 좋았다. 모든 걱정이 사라지고, 모처럼 세상이 밝아진 기분마저 들었다. 운동으로 다져진 자기 몸이 역시 술을 잘 받아들인다고 생각했다. 그러나 어처구니없게도, 술을 마시자 그녀의 마음속 어딘가에 숨어 있던 이상한 보복심리까지 덩달아 꿈틀거리기 시작했다. 그녀는 옆자리에 앉은, 만만하고 착해 보이는 남자 신입생에게 귓속말했다.

"너 나랑 오늘 한번 할래?"
"나야 뭐, 좋지…."

그는 술자리가 끝나자, 순순히 그녀와 함께 학교 앞 모텔로 갔다. 그녀는 훌렁훌렁 옷을 벗고, 샤워하고 나와서 말했다.

"빨리 샤워해. 콘돔은 꼭 끼고 해야 해."

그는 샤워하고 나와서, 어렵게 콘돔을 끼고, 그녀 위로 올라왔다. 몇 번 흔드는가 했더니, 으으윽, 하고는 금방 내려왔다.

"벌써, 한 거야?"
"응. 으응."

그는 어색하게 웃으며 대답했다. 아마, 그의 첫 경험일 수도 있다고 그녀는 생각했다. 그녀는 마치 남자의 순결을 빼앗고 그를 정복한 느낌이 들었고, 이상하게 자신의 더러운 과거가 조금 씻긴 기분까지 들었다. 그녀는 잠은 꼭 집에서 자야 한다며, 샤워를 마치자마자 미련 없이 나왔다. 모텔을 벗어나면서 그녀는 되도록 많은 남자를 따먹어야겠다고 생각하며 웃었다.

입학한 지 얼마 안 돼서 학교 남학생들이 여학생들을 두고 인기투표를 했다는데, 보통 키에 날씬하고 탄탄한 몸매, 당차고 시원시원한 미모의 그녀는 신입생 중에서 3위였다. 그런데 바로 얼마 지나지 않아 학교에서 걸레라고도 소문이 났다. 그녀는 코웃음을 쳤다. 분명, 그녀와 한 번도 자보지 못한 찌질이나 할 법한 소리였으니까. 그녀는 더 과감해지고 당당해졌다. 흉을 보던 남학생들도 그녀 앞에서는 주눅이 들었다.

어느 날 복도를 지나가는데 킹카로 유명한 선배의 목소리가 들렸다.

"걔가 그렇게 밝힌다며? 여자애가 그게 뭐냐? 지저분하게…."

그녀는 그날 저녁 그 킹카 선배에게 고민이 있다고, 꼭 들어 주면 좋겠다며, 술자리를 했다. 어느 정도 기분 좋게 취했다 싶었을 때, 그가 활짝 웃고 있을 때, 그녀는 일부러 혀를 꼬부리며 말했다.

"선배, 오늘 저랑 한번 할래요…?"

"나야, 뭐. 좋지…."

그녀는 모텔에 가자마자 그의 옷을 발가벗겼다. 그리고 빨리 씻고 나오라며 보챘다. 그가 나오자, 그녀도 샤워하고 나와서 그를 애무하며 콘돔을 끼웠다. 그를 눕히고 그녀가 위에서 요동치자, 얼마 안 돼서 바로 그는 절정의 신음을 냈다. 그게 끝이었다. 가끔은 성행위가 좋다는 생각을 했었는데 이건 정말 아니었다. 시시했다.

역시, 잠은 집에서 자야 한다며 그녀가 바로 일어나려는데, 침대에 누워있던 선배가 일어나 앉으며, 조심스럽게 말했다.

"한 번만 더 하면, 안 될까…?"

그가 참 불쌍하고 한심해 보였다. 그녀는 그냥 낮은 목소리로 한마디 날렸다.

"선배…. 그냥, 집에 가서 딸딸이나 치세요."

처음으로 모텔에서 나오며 씁쓸한 느낌이 들었다. 그도 한심했

지만, 자신도 함께 우스워진 기분이 들었고 괜히 쓸데없는 짓을
했다는 생각도 들었다.

그때였다. 큰길가를 향해 골목에서 막 빠져나가려는데, 남자
세 명이 여자 두 명을 데리고 모텔 골목으로 들어왔다. 한 명은 여
자에게 어깨동무하고 있었는데, 그가 말했다.

"잠깐, 들어갔다 가자고! 왜 버티는데? 너희 둘, 우리 셋. 딱 좋
잖아. 안 그래?"

"이러지 마세요~ 엄마가 기다리세요."

"지랄하네! 우리 엄마도 나 기다려. 그러니까 잠깐 들어갔다가
가자고. 술 사줄 땐 잘만 처마시더니, 이제 와서 씨발! 튕기는 거
야?"

혼자 옆을 지나가는 그녀는 신경도 쓰지 않으며 지껄이는 그
와, 다른 한 명의 여자를 에워싸며 모텔 쪽으로 밀고 가는 남자들
을 보자 오랜만에, 정의로운 일진이 제대로 발동걸렸다.

그녀는 말조차 필요 없는 인간들이라는 생각으로 어깨동무를
하고 있던 남자에게 성큼 다가가 뺨을 때리고 눈을 때렸다. '철썩,
팍, 팍팍!' 다른 두 명의 남자가 무슨 일인가 고개를 돌리자마자,
그녀는 그들의 얼굴과 눈을 손바닥으로 계속 때렸다. 손으로 막

으면 막은 손 위를 주먹으로 야무지게 때렸다. '찰싹! 팍! 팍팍! 철썩! 퍽! 퍽! 퍽!' 삽시간에 세 명의 남자는 그녀에게 수십 대를 얻어터졌다. 그녀가 두 명의 여자에게 가라고 손짓하자, 그녀들은 감사하다며 재빨리 골목을 빠져나갔다. 세 명의 남자는 눈도 제대로 못 뜨고 있었고 벌써 얼굴이 벌겋게 부어올랐다.

"지금부터, 눈 뜨는 새끼들은, 무조건 처맞는다. 죽도록 처맞는다. 그러니까. 자신 있으면 눈 떠라. 무릎 꿇어! 이 새끼들아."

그들은 공손하게 눈을 감고 무릎을 꿇었다. 시키지도 않았는데 고개까지 숙이고 있었다. 그녀가 차분하게 말했다.

"너희 중에, 내 얼굴 본 사람 손 들어 봐."

아무도 손을 들지 않았다. 물론, 볼 틈도 없었을 거다.

"너희가 다음에 이런 짓 하다 걸리면…. 내 얼굴을 보게 될 거야. 그땐, 죽여 버릴 거야. 너희들…. 알겠지?"
"아, 네! 네."

세 명은 모두 확실하게 대답했다. 그녀는 그들에게 100을 세고 나서 눈 뜨고 일어나라고 시킨 후, 골목을 빠져나왔다.

그날 이후로, 남자 따먹기는 이상하게 재미가 없어졌다. 1학년이 끝나가던 그 무렵, 그녀는 결국 남자 따먹기를 그만두기로 결심했다. 그녀는 술을 마셔도 더 이상 남자와 잠자리하지 않았다.

2학년이 되자, 오히려 남자들은 이상하리만치 그녀에게 잘 보이려고 쓸데없는 노력만 했다. 그녀는 그런 그들이 그저 귀엽고 한심하기만 했다.

사계절이 세 번이나 쉽게 지나갔고, 학교를 졸업하자 그녀는 중견 신문사에 입사했다. 그곳에는 테디베어라고 불리던 선배가 자리를 잡고 있었다. 덩치는 곰처럼 컸지만, 한없이 순수하고 맑은 사람이었다. 입사한 지 얼마 안 돼서 그가 저녁 식사를 함께 하자고 했다. 그는 고급 식당을 예약하고, 그녀를 초대했다. 저녁 식사를 하며 그가 부드러운 목소리로 말을 꺼냈다.

"내가 3학년이 될 때, 후배가 입학했지. 난 후배를 처음 본 순간부터 좋아했어. 당차고 활기찬 모습이 그렇게 예쁘더라고…"

"저 금방 안 좋은 소문만 나고 그랬는데요?"

"그게, 아무 상관 없더라고. 내 눈에는 그저 예쁘기만 했으니까…. 이제야 고백하게 되네. 속 시원하네. 하하. 오늘이, 오늘이어서 참 좋다."

그녀는 할 말을 잃었다. 전혀 예상치 못했던 고백에 당황스럽기까지 했다. 하지만 그는 한없이 푸근하고 행복해지는 미소를 가지고 있었고, 중저음의 목소리는 무척 부드럽고 달콤하게 느껴졌다. 진실한 그의 마음 때문이었을까? 그가 쉽지 않은 말을 서슴없이 토해 내고 있는데도, 하나도 느끼하지 않았다. 왠지 그녀의 마음이 설레고 있었다.

"후배는, 점점 더 성숙하고 아름다워지는 것 같아…."

검은 진주가 박힌 듯한 그녀의 두 눈동자가 반짝이기 시작했다. 어느새 그녀는 테디베어를 닮은, 곰돌이 인형 같은 그에게 마음을 주기 시작한 것이다. 어쩌면 처음으로 섹스가 아닌, 사랑을 시작했는지도 몰랐다.

그들은 그날 이후로 주말이면 가까운 곳으로 자주 당일 여행을 떠났다. 공기 좋고 풍경 좋은 곳에 갔다가, 맛있는 점심과 저녁을 먹고 돌아오는 평범한 코스였다. 어느 날, 차를 타고 강가를 지나고 있었는데 운전하던 그가 물었다.

"후배는 저기 저 산이 누구 건지 알아?"

"선배는 알아요?"

"저 산의 주인이 누군지는 모르지만, 저 산의 아름다움과 풀과 꽃의 향기는 내 거야. 꽃의 향기는 그것을 맡을 수 있는 사람 것이고, 풍경의 아름다움은 그것을 보고 느낄 수 있는 사람 것이니까. 안 그래? 감성이 풍부한 사람은 많은 것을 누리며 살기에 삶이 여유롭고 풍성해. 아름다움을 보고 느낄 수 없다면, 아무리 많은 땅과 산을 소유해도 가난한 거야."

"참, 맞는 말이네…."

"곳곳에 있는 그 아름다움과 향기를 평생 바치며 살게. 우리 같이 살래…?"

"어이구~ 대단하네. 같이 살면, 또, 뭐 해 줄 건데?"

"잘 때 지켜봐 줄게. 깨어 있을 때도, 지켜봐 줄게…."

"와~ 선배, 나 지금 소름 돋았어. 오글거려…."

별말 아닌데도, 우리는 한참을 웃었다. 그게 우리만의 행복이었다. 잠시 후에 무얼 먹을까 궁리하다가 그가 말했다.

"고구마를 맛있게 먹는 방법 알아?"

"몰라."

"쫄쫄 굶어서 흙이라도 파먹고 싶을 때 먹는 거야."

"그래 봤어?"

"응, 어릴 적에 산에서 놀다가 너무 배가 고팠는데, 집에서 농사하던 친구가 산기슭에서 고구마 줄기를 발견했어. 캐내서 흙 묻은 껍질을 이빨로 까면서 먹었는데, 하~ 지금도 침 나온다. 하하."

"선배는 날 왜 사랑해?"

"너니까. 너라서 사랑해. 그게 다야."

지나가는 비가 살짝 내렸다. 가느다란 이파리에 맺혀 있던 빗방울이 거대한 대지 위로 툭, 떨어졌다. 그와 헤어지고 돌아오는 거리에서 그녀가 만난 풍경이었다. 그녀의 마음속에 이상하고 커다란 울림이 일었다.

얼마 전에, 새벽 일찍 공원에 산책하러 갔을 때 그가 말했었다. '저기 풀잎 위를 굴러가는 이슬을 봐. 자연의 웅장함은 그것이 살아있기 때문이야….' 그는 이슬조차 순환하며 살아있다고 생각하였다.

그녀는 방금 그와 헤어졌는데도 아쉬움과 허전함을 경험하면서, 그와 반드시 결혼해야겠다고 마음먹었다.

그렇게 그들은 결혼했다. 둘 다 나름 마당발이어서 하객이 많았다. 결혼식은 조촐했는데 하객은 미어터졌다. 왠지 어색하고 전공도 달라서 거의 만나지 않았던, 그녀가 양아치로부터 구해 주었던 동창도 소식을 듣고, 초대도 하지 않았는데 결혼식에 와 주었다. 너무나도 환하게 축하해 주는 그녀가 왠지 어색했지만 고마웠다.

결혼하고 난 이후에 곰돌이 인형 같은 남편이 뒤뚱거리며 출근할 때면, 그의 뒷모습을 볼 때면, 그때마다 그녀는 고마움과 행복감에 눈이 시큰해지고 눈물이 고였다.

그가 출근하고 나면 집안일을 하고, 잡지 칼럼을 쓰고, 객원기자로도 활동하면서 나름, 의미 있는 하루를 만들었다. 그 평범한 하루하루가, 보석보다 찬란하게 그녀의 행복으로 차곡차곡 쌓였다.

그러다가 아이가 생겼다. 새로 태어난 아이의 신비로움을 표현할 수 있는 언어가 있을까? 아이는 가히 생명의 경이로움이었다. 젖을 빨고, 똥과 오줌을 싸고, 가끔은 배탈도 나고 감기도 걸리면서 무럭무럭 자라더니, 어느새 성큼 자라서 장난치고 웃고 말하기 시작했다. 그녀와 남편은 자라나는 아이를 바라보며 수시로 숨이 멎을 듯이 감동하곤 했다. 이제 아빠의 해맑은 웃음을 닮은 아들의 웃음은 날마다 그녀를 더욱 행복하게 했다.

남편은 신문사를 그만두고, 한동안 대형 출판사 편집장을 하다가 얼마 전, 자신의 출판사를 차렸다. 드디어, 꿈이 이루어졌다며 쿵푸팬더처럼 기뻐했다. 아이는 유아원에서 소문난 귀염둥이로 통했다. 그녀는 자기가 모든 걸 다 가진 여자라고 생각했다.

때로는 집안일이 힘들게 느껴져도, 걱정스러운 일이 생겨도, 그래서 불만과 투정이 생겨도 행복하다.
무슨 일이 닥쳐도 감당하고 살아 내겠다는 의지. 반드시 딛고 일어서겠다는 각오. 삶에 닥치는 일들은 무엇이든 자신에게 의미가 있을 거라는 믿음. 그것들은 그녀의 일상을 날마다 견고하게 만들었다. 무엇보다, 평범한 하루가 이토록 아름다운 것임을 알게 된 것이 행복이었고, 삶의 가장 큰 축복으로 여겨졌다.

그녀는 자신의 진실이 무엇인지 곰곰이 생각해 보았다.
무엇일까. 한때, 공정함과 정의로움을 빙자하며 잘난 척한 거? 강간당한 거? 그래서 치욕과 수치를 느낀 거? 수많은 남자와 보복 섹스했던 거? 그러고도 뻔뻔했던 거? 하지만, 그 모든 일이 없었다면 예전보다 훨씬 더 지혜롭고 강력해진 지금의 내가 존재할까? 지금의 삶이 이토록 눈 시리도록 아름답게 느껴질 수 있을까? 그걸 알 수나 있었을까?

상처 없는 사람은 세상에 없다. 하지만 그 상처에 의미를 부여할 수 있는 건 오직 자기 자신뿐이다. 삶은 결국 어떤 일이 있었는지가 아니라, 일어난 일을 어떻게 정의 내렸는가가 아니던가. 그것이 바로 삶의 비밀이고 아이러니가 아니던가. 결국 비가 그치는 시점은 더 이상 비가 내리지 않는 때가 아니라, 마음속에 태양이 떠오를 때였다. 과거가 결국 완벽했다는 이해 뒤에는 미래가 완벽할 거라는 확신이 따라온다. 더 이상 내일이 두렵지 않은 막강한 자기 자신을 만나게 되는 것이다.

집 마당에 설치해 둔 아이의 미끄럼틀에 앉아 우아하게 와인을 한 잔 따랐다.

그녀는 어둠 속에서, 어둠을 통해서, 자신의 어둠을 충분히 이해하게 되면서 빛을 알게 된 것. 진실한 사랑과 뜨거운 행복을 알게 된 것. 삶의 아이러니를 이해하게 된 것. 오직, 그것들만이 진실이라는 생각을 하며 미소 지었다.

그리고는, 마침내 최후의 승자가 된 기분으로 와인을 마시며 자축하면서, 난해한 퍼즐 조각을 다 맞춘 기분으로 마음껏 하하하. 호호호. 웃었다.

웃는 그녀 뒤로, 무지개처럼 화사한 봄바람이 지나갔다.

5

이상한 출판사

·

·

·

봄이 끝나갈 무렵, 가파르지 않은 언덕 위 뾰족하게 생긴 성당 옆으로 꽤 넓은 공터가 있었고, 잡초가 드문드문 솟아 있는 그곳에 오래도록 방치되어 귀신이라도 나올 법한 건물이 뼈대만 앙상하게 자리 잡고 있었다.

아침 해가 천천히 성당 뒤편으로 떠오르고 있을 즈음, 그 공터에는 짐을 나르는 트럭들과 사다리차 그리고 여러 중장비와 인부들이 모여 시끌벅적 분주했다.

"아니, 이 무너질 것 같은 건물에 뭐라도 들어오는 건가요?"

성당에서 머물며 여러 일을 도맡아 하는 수도사제가 덩치가 크고 순진하게 생긴 인부에게 물었다.

"뭐, 출판사가 들어온다네요. 저기 건물 2층 가운데를 사무실로 쓰고 지하에는 책을 만들 수 있는 인쇄 기계와 제본기 등을 설치한다고 하네요. 나머지는 안 쓰고 저대로 둔다고 하더라고요. 하긴 뭐, 출판사들이 워낙 빠듯하게 돌아가잖아요…."

예전에 초등학교로 썼다는 3층짜리 건물에는 창문이 성한 게 하나도 없어서 바람이 건물을 사방으로 통과해 지나갔다. 그런 건물을 거의 그대로 둔 채, 일주일이 넘게 지하에는 기계를 옮기고, 1층 입구에서부터 2층으로 가는 통로, 그리고 2층에 사무실로 쓴다는 곳만 일부분 청소하고 페인트를 칠하고 여기저기 수리를 했다. 층마다 창문이 15개는 되는데도 사무실로 쓴다는 2층 창문 세 개만 두터운 합판으로 막아 놓고 노랗게 칠했는데, 그 노란 창문 한 개에 한 글자씩 '출.판.사.'라고 녹색으로 글씨를 붙여서 간판처럼 해 놨다. 드디어 출판사가 들어선 것이다.

수리한 부분만 본다면 아주 아담한 2층짜리 출판사라고 하기에 딱 맞아떨어졌다. 수리한 곳과 하지 않은 곳이 이상하게 잘 어울렸다. 오히려 자연스럽고 정겨운 느낌마저 들게 했다. 게다가 건물 앞 공터의 잡초를 제거하고 땅을 잘 고르고 나니, 얼마 전까지 젊은 커플들이 가끔 주차하고 차를 들썩거리곤 하던 공터가 꽤 넓은 주차장이 되었다. 그곳에 5대의 자동차가 차례로 들어왔다. 여자 2명과 남자 3명. 그들은 각자 거의 비슷하게 들어와서 건물 입구를 통해 2층 사무실로 들어갔다.

모두가 모이자, 각자 커피믹스를 한 잔씩 타서 원탁 테이블에 둘러앉아 회의를 시작했다. 그중 곰돌이 인형을 닮아 믿음직스럽고, 성실하고, 선해 보이는 남자가 먼저 말을 꺼냈다.

"아시다시피, 저희는 이곳에 전략출판을 하기 위해 출판사를 열었습니다. 이곳에서 전략적으로 책을 쓰고, 교정과 편집을 하고, 초판 인쇄까지 다 끝내는 겁니다. 아시겠지요?"

"너무 기대돼요, 대표님. 드디어 시작이네요. 호호호."

맞장구를 쳐 준 그녀를 향해 대표가 말을 이었다.

"그러니까, 김 작가님이 글을 맛깔나게 써 주시면 됩니다. 하하하. 윤 팀장은 김 작가님을 도와서 자료수집과 교정, 편집 및 디자인 작업 등을 하고, 서 팀장은 홍보와 유통을 총괄하면서 필름을 만드는 것과 인쇄 쪽도 힘을 보태야 해요. 공장장님은 책을 인쇄하고 제본이 마무리될 때까지 과정을 전부 책임지셔야 합니다. 혼자 하시기 힘드시겠지만, 저와 서 팀장이 충분히 도울 거라고 믿어 봅니다."

"25년간 밥 먹고 인쇄만 했는데, 뭐 문제없습니다. 게다가 대표님과 듬직하고 건장한 서 팀장이 돕는다면 거뜬하죠. 그런데 지난번에 대표님이 글이 나오는 대로 최대한 바로바로 인쇄해야 한다고 하셨는데, 그러면 잉크 등 여러 가지로 낭비 아닐까요?"

"번거롭기는 하겠지만, 책이 하루라도 빨리 나오는 게 중요해요. 돈은 많으니까 걱정하지 마세요. 건물을 보수할 돈을 최대한 줄이고 검소하게 시작하기 때문에 여러분의 급여와 책을 만드는 데 필요한 자금은 넉넉합니다. 인원이 모자라면 부분적으로 외주를 주든가 프리랜서에게 맡기세요. 다시 한번 말씀드리지만, 돈 걱정은 마시고요."

"너무너무 좋아요! 빨리 일하고 싶어요. 날마다 밤을 새워도 좋아요, 저는."

통통한 얼굴로 계속 행복한 미소만 띠고 있던 윤 팀장의 얼굴이 달덩이처럼 환해졌다.

"아, 그럼, 대표이자 편집장인 제가 생각을 해 봤는데요. 김 작가님, 처음 전략 출간할 책은 '사과'를 주제로 하면 어떨까, 하는데요…. 사과의 장점이나 뭐 좋은 점, 그런 내용으로 기획을 해 보면…."

"저, 사과 좋아해요, 대표님. 맛있잖아요! 그거로 정해요 그냥. 윤 팀장은 사과에 대한 모든 자료를 찾아보고, 이야깃거리로 만들 만한 자료들을 모아 줘요. 전 곧바로 집필을 시작할게요. 그런데 대표님, 저희 출판사 이름이 뭐죠?"

"저는 저희 출판사 이름을 출.판.사.로 정했어요. 책을 만드는 곳이고, 기억하기 좋고, 쉬운데 색다르지 않나요?"

"그거, 참. 기발하네요!!!"

모두가 출판사라는 이름에 기꺼이 동의했다. 어찌 보면 우스꽝스럽고 기이한 첫 미팅을 마치자마자 그렇게 출판사가 굴러가기 시작했다.

업무를 나누기는 했지만, 그들은 손발이 딱딱 맞고 모두가 자기 일처럼 적극적이어서 일 처리가 너무 쉽고 즐겁게 느꼈다. 밤낮도 없이 알아서 출퇴근하며 생각보다 빠르게 첫 번째 전략출간이 진행되었고, 한 달쯤 뒤에 드디어 첫 번째 책이 완성되었다.

책 제목은 《사과》, 표지에는 커다랗고 먹음직스러운 빨간 사과가 있었고, 저자는 '김 작가', 출판사는 '도서출판 출판사'라고 되어 있었다. 책을 유통하는 사장님이 첫 책이 완성되었다는 소식에 일부러 찾아와서 이리저리 책을 둘러보고 평했다.

"어, 이거 표지가…. 한눈에 팍 꽂히는데? 느낌 좋아!"

그리고 내친김에 내용도 훑어보기 시작했다. 책의 첫 부분은 이랬다,

빨가면 사과. 사과는 맛있어. 맛있으면 사과해.

풍부한 수용성 식이섬유와 다양한 비타민을 품고 이 땅에 말하는 사과가 태어났다. 사과는 끝없이 말했다. "사과를 드셔 보셔요오. 새콤달콤한 날 먹어 줘. 아삭아삭 씹어 먹어 줘~ 제발! 그리고 내 씨는 비옥한 땅에 뱉어 줘~ 꼬옥! 사과를 드셔 보셔요오~ 저는 맛있는 사과예요오오."

이어지는 본문은, 말하는 사과가 착한 사과 장수를 만나게 되어 함께 전국을 돌며 다양한 사람들을 만나서 벌어지는 여러 에피소드가 담겼다. 그리고 책의 끝부분은 서로 미워했던 부녀를 화해시키고, 사과 장수와 함께 트럭을 타고 해가 지는 바닷가를 지나가며, 파도와 갈매기를 바라보다가 내뱉는 사과의 독백이었다.

인간은 사랑하는 사람이거나 가까운 사람일수록,
참 모질게 군다.
탐스럽고 빨간 사과를 들고,
가깝고 소중한 사람에게 다가가,

자신의 미혹과 부족함을 내려놓고,

미소와 진심으로 사과한다면,

참 예쁜 풍경이 될 것만 같다.

마치 어른들의 동화와도 같은 느낌이었는데, 책을 읽던 유통업체 사장님은 어느새 흐뭇한 미소를 띠고 있었다. 직원이 책을 다실었다며 출발해도 된다고 이야기했다. 그는 차를 타고 떠나면서 창문 밖으로 고개를 내밀어 출판사 식구들에게 힘차게 말했다.

"대충 봤지만, 느낌이 아주 좋아요. 좋아! 하하하."

트럭이 멀어지는 것을 확인하며 돌아선 그들은 커피를 한 잔씩 들고, 다시 커다란 원탁에 모여 앉아서 회의를 시작했다.

"자, 이미 첫 책은 떠나보냈고, 하늘의 뜻에 맡겨야지요. 물론, 서 팀장은 계속 홍보에 힘써 주시고요. 우리는 두 번째 책에 집중하기로 하죠."

"제가 생각해 보았는데요…. 이번에는 생활체육의 중요성에 대해서 출판을 해 보면 어떨까요? 사람들이 바빠서 건강을 너무 못 챙기잖아요…."

"전 윤 팀장 말에 공감이 팍 되는데요? 저도 계속 모니터를 바라보며 글을 쓰다 보니 목 디스크도 오고, 허리도 뻐근하고, 몸도 무겁고, 컨디션이 별로예요."

"제가 예전에 체육 강사를 했었는데, 건강 정말 중요해요! 몸이 건강해야 마음도 건강하잖아요."

"말수가 없는 서 팀장까지 나서는 걸 보니까, 두 번째 책은 이미 정해진 것 같네요. 허허허."

"공장장님까지 그렇게 편을 드시니까. 저도 뭐 이견이 없네요. 그렇게 정하지요, 그럼."

그들은 생활체육의 필요성을 그렇게 전략적으로 알리는 것을 목표로 하고, 긴 회의를 통해 《살아 있다면 움직이자》라고, 두 번째 책의 제목을 정했다.

유통업체 사장님이 특별한 예지력을 가졌던 걸까, 《사과》는 대박이 났다. 출간한 지 한 달도 안 돼서 동이 날 정도였다. 온라인 판매도 성황이었지만, 여러 서점에서 이야기가 들려왔다. 워낙 표지가 눈길을 끌었고, 내용도 무척 신선하고 재미있지만, 아무리 그래도 책을 진열하기만 하면 신들린 듯 팔리는 건 무척 기이한 일이라고….

과묵하지만, 발 빠른 서 팀장이 외주 인쇄업체 여러 군데를 수소문해서 급하게 인쇄할 업체를 정하고, 공장장님과 함께 업체로 자주 외근을 하며 최대한 책이 잘 유통될 수 있도록 애를 썼다. 그 와중에도 남은 팀원들은 흔들림이 없이 새로운 책의 집필과 교정을 해 나가기 시작했다.

드디어, 두 번째 책이 완성되었다. 이전보다 많이 분주하고 바쁜 와중이었지만 불과 한 달 반 만에 완성된 책은 많은 내용을 담고 있었다.

윤 팀장의 탁월한 자료 취합 능력으로 다양한 생활 운동이 요령과 함께 잘 소개되어 있는데, 건강하고 우아하게 숨쉬기, 수명을 늘리는 스트레칭, 걸레질하며 복근 키우기, 빨래 널며 팔다리 예쁘게 만들기, 설거지하며 하체 단련하기, 샤워하며 온몸 마사지하기, 집 안에 간편하게 철봉을 설치하고 매달려 골반 및 척추 교정하기, 몸매를 아름답게 가꾸며 올바르고 제대로 걷기, 계단 오르며 정력 강화하기, 자전거로 출퇴근하며 심폐기능 키우기 등등의 간편하지만 무척 효과적인 운동과 그 방법을 자세히 소개했다. 게다가, 생활 운동으로 불치, 난치병을 극복한 여러 사연을 윤 팀장이 기막히게 잘 찾아냈고, 김 작가가 아주 감동적으로 잘 각색해 주었는데 그게 압권이었다. 책의 표지는 건장하고 늘 믿음직한 서 팀장이 역동적으로 조깅하는 실루엣을 표지로 삼았는데 생각보다 제목과 너무 잘 맞아떨어졌다. 부족함이 없을 만큼 유익하고 훌륭한 내용이 가득한 책이라고 서평단들은 입을 모아 호평했다. 책은 그만큼 잘 팔려 나갔다.

출판사 식구들은 모두 행복하고 흡족한 미소를 지으며 며칠 내내 표현할 수 없이 커다란 충만감을 누렸다. 그리고 역시, 부지런하게 다음 책을 준비하고 있었다.

한편, 늘 평온하고 온화한 얼굴로 인간의 모든 고통과 죄를 품에 안아 줄 것만 같았던 성당의 수도사제 얼굴은 언제부턴가 자신도 모르게 못마땅한 표정으로 바뀌어 있었다. 얼마 전부터 출판사에는 방문객들이 급증하고 있었다. 언덕을 거의 올라오면 차가 한 대만 지나갈 수 있는 좁은 길이 되었는데, 그 때문에 성당을 방문하는 차들이 제대로 오가지를 못하는 일이 반복되었다. 특히 주일이 되면 더욱 심각한 상황이 되곤 했다.

때마침 출판사 대표가 방문객을 마중하며 건물 입구에서 손을 흔드는 것을 발견한 수사는 재빨리 그에게 다가가 말을 걸었다.

"출판사에 방문객이 아주 많네요?"

"그러게나 말입니다, 수사님. 성당에서 좋은 기운을 받아서 그런가 봐요. 혹시, 수사님이 잘되라고 기도해 주시는 거 아닌가요? 하하하."

"잘되면 좋지요. 그런데 이번 주일은 특히 차가 많더라고요. 트럭들도 많고…."

"아, 글쎄, 저희가 사과에 관해 책을 썼는데 여러 과일 유통업자가 찾아와서 왜 사과만 편애하냐고, 바나나, 오렌지, 토마토도 써 달라며 찾아왔더라고요. 사과는 요즘 저희 때문에 물량이 부족하고 금값이 되었다나요? 거기에다가 두 번째 책을 내고 나서는 여러 보험회사가 저희 출판사 덕분에 고객들이 건강관리를 잘하게 되었다며 고맙다고 인사도 오고, 협찬하겠다고 오고, 대량 구매 문의를 하고, 참, 별일이지요?"

"그러니까, 잘되시는 건 좋지요. 당연히. 그런데 차량 통행에 자꾸 문제가 생기니까 성당 신도들도 불편을 이야기하고…. 차가 지나다닐 때는 사람도 지나기가 힘들어요. 저 길이…."

"그러게요, 그래서 제가 구청에다가도 문의해 봤거든요. 그런데 그게, 도로를 넓히기가 거의 불가능하대요. 도로를 넓힐 공간이 없어서 산을 깎아야 하는데, 언덕 위에 저희 출판사와 성당밖에 없는데 그건 힘들다고…. 저희도 방문객이 이렇게 많을 줄은 상상하지 못했거든요…."

"거, 참, 난처하네요….”

"그러니까요. 제가 종교는 없지만, 가끔 성당에 가서 기도도 드리고 헌금도 하고 그럴게요, 수사님. 그리고 다음 책 제목이 《신들의 놀이》인데요. 자선하는 마음, 선행하는 마음이 좋은 거라는 내용이에요. 그것마저 잘되면 시내로 출판사를 옮길지도 몰라요. 하하하.”

"암튼, 잘되시라고요. 잘되시고, 잘되시는 건 좋은데, 주일이라도 좀, 방문을 자제하도록 부탁드려요….”

"아, 물론입니다! 잘 알겠습니다! 하하하.”

출판사가 잘된다는 게 화가 날 일은 아닌데, 수사는 여러 가지로 계속 마음이 불편했다. '구청에 길을 넓히는 것까지 알아봤다고? 방문객이 얼마나 많아질 거로 생각하는 거야 대체? 신들의 놀이? 하나님도 아니고 신들? 인간이 감히 신을 흉내 낸다는 거야 뭐야? 놀이? 신이 한가하게 놀아? 신들의 놀이라고?' 그들의 불경함에 속이 다 거북해졌다.

저녁에 신부님께 자초지종을 이야기하고 실컷 불평했는데, 신부님은 그냥, '주님께서 다 알아서 하시겠지요….'라고 말씀하시면서 재밌다는 미소만 지으셨다.

얼마 후에 출판사에서는 세 번째 책, 《신들의 놀이》가 완성되었다.

책의 개념은 인간으로 태어나서 마치 신처럼, 배고픈 자를 먹일 수 있고, 목마른 자에게 물을 줄 수 있으며, 아픈 자를 치유할 수 있는 행위가 얼마나 고귀하고 거룩하고 행복한지에 대한 내용이었다.

책에는 선행과 자선하는 전 세계의 수많은 사람과, 그들이 타인에게 도움을 주었거나 주고 있는 다양한 방법을 소개했고, 오른손이 한 일을 왼손이 모르게 한 것 같은, 알려지지 않은 감동적인 선행과 사랑의 실천들이 가득했다. 그리고 선행을 하면 구체적으로 몸과 마음에 어떻게 좋은 영향을 미칠 수 있고, 건강과 장수에도 직접적인 연관이 있는지를 의학적이고 과학적인 자료들을 통해 구체적으로 설명하였다.

지혜와 진심을 담은 선행은 신이 인간에게 준 가장 큰 선물이며, 인간으로 태어나 가장 큰 기쁨과 행복을 누리는 방법이고, 결국 선행이 보약보다 좋다는 이야기로 마무리되었다.

《신들의 놀이》는 출판사에서 출판한 책 중에서도 가장 큰 성공을 거두었다. 전혀 뜻밖의 결과였다. 출판사 구성원들은 사실 이 책이 이렇게 흥행할 거라는 예상을 하지 못했다. 자신들이 정말 쓰고 싶은, 세상에 도움이 되는 그런 책을 만들어 보자는 생각으로 시작했는데…. 물론, 책이 완성되어 가면서 스스로 감동하고 울기도 하고, 그 어느 때보다 행복했으며, 거룩하고 성스러운 느낌을 가끔 느끼기도 했지만, 이렇게? 이토록! 성공을 거둘 거라고는 상상하지 못했다. 책을 읽고 난 유명 인플루언서가 《신들의 놀이》를 소개하며 부탁하지도 않은 홍보 영상을 올렸다.

"그러니까 선하게 사는 것이 착한 게 아니라,
선하게 살면 나와 내 주변이 편해지니까,
결국 착한 일이 되는 거고.
마찬가지로 악하게 사는 게 나쁜 게 아니라,
악하게 살면 나와 내 주변이 다 불행해지니까,
결국 나쁜 일이 된다는 거야. 알겠어?
선행은 결국 자신을 위해서 필요하다는 거야.
선행이 좋은 일이 되는 것은,
그것이 애초에 좋은 일이라고 정해진 때문이 아니라,
자신에게 좋은 일이 되기 때문이라고!"

연일 매스컴에서도 《신들의 놀이》는 정말 특별한 책이라며 소개했고, 날마다 판매 기록을 갈아치웠다. 여러 구청장과 국회의원 등은 선거철이 아닌데도 갑자기 앞다투어 선행을 실천하기 시작했고, 선행에는 여당도 야당도 없었다. 게다가 부자들이 가난한 이들을 돕고, 평범한 이들 또한 아픈 이웃을 도와 치료하고, 불우한 아동의 교육을 돕는, 수많은 이야기가 뉴스에 수도 없이 오르내렸다. 유명 프로그램들은 좋은 선행이란 과연 무엇인가를 언급하며 진지하게 토론하기 시작하였다. 사람들이 저마다 남에게 자랑하거나 알리기 위해서가 아닌, 자신들을 위한 선행을 실천하기 시작하면서 변화는 가속도가 붙었다. 제각기 집을 나서면서 오늘은 누구에게 도움을 주고 감동을 줄까 고민했다. 사람들은 가난하고 아프고 외로운 사람을 돕고, 서로에게 희망을 주면서, 우리가 스스로 더 나은 삶을 창조해 갈 수 있는 능력이 뛰어나다는 것을 알아채기 시작한 것이다.

세상이 밝아지기 시작했다. 살 만한 세상으로 이렇게 쉽게 바뀔 수 있다는 것이 기적으로 느껴졌다. 사람들은 그렇게 할 수 있는 자기 자신에게 감동하기 시작하였고, 인간이 서로에게 조건 없는 사랑을 베풀 수 있다면 이제껏 경험해 보지 못한 기적을 체험한다는 것을 날마다 더 깨달았다.

《사과》를 통해서 겸손한 마음을 이해하고, 《살아 있다면 움직이자》를 통해서 건강을 회복하며 활력을 찾은 사람들은, 《신들의 놀이》를 통하여 말 그대로 자신들의 무한한 가능성을 깨닫고 경험하기 시작한 것이다. 각국의 외신들은 동방의 작은 나라, 대한민국의 기적이라며 앞다투어 대서특필했다.

경이로운 하루하루가 탄생하고 있었고, 계절은 어느새 봄을 지나 여름이 되어 가고 있었다.

여러 가지 못마땅한 마음에 그들의 책 따위에는 관심 없던 성당의 수사는 출판사로 매일 같이 밀려드는 취재진과 여러 방문객을 조금은 한심하다는 표정으로 바라보다가 혼잣말했다. '주님, 이건 아니잖아요⋯. 여기가 시장도 아니고⋯.' 수도사제의 입장에서는 쓸데없는 사람들이 성당 앞을 가득 막고 있다는 생각만 들었다. 수사는 성당으로 들어가 무릎을 꿇고 기도했다.

"주님, 주님을 섬기는 선량한 우리 성당의 신도들이, 주님을 만나 뵈러 오기가 날마다 힘들어지고 있습니다. 출판사가 없던 예전으로 돌아갈 수 있다면 얼마나 좋을까요. 거룩하고 성스러운 주일을 온전하게 주님께 바치고 싶은 제 마음을 주님은 아시지요? 세상 전부를 주관하시는 주님께서 현명하고 지혜로운 방법으로 해결해 주실 것을 간절히 믿사옵나이다. 아멘."

언제나 그렇듯이 기도를 마치고 나니, 수사는 왠지 마음이 한결 가볍고 편안해졌다. 모든 게 잘될 것만 같은 마음으로 다시 미소 지을 수 있었다.

며칠 뒤, 장마가 시작되었다.

비가 오면 출판사 주차장은 진흙탕이 되곤 했는데, 결국 일주일 내내 이어지는 장마로 주차장이 너무 질척거려서 잠시라도 차를 세워 두기 힘든 곳이 되었다. 방문 차량이 줄더니, 왔다가도 그냥 돌아갈 수밖에 없었다. 모처럼 한적해졌다. 성당의 주차장은 콘크리트로 되어 있어서 별다른 문제가 없었다. 수사는 몹시 흡족했다. 마치 자기 기도가 응답받았다는 확신마저 들었다.

한편, 출판사 식구들은 내리는 장맛비로 주차해 둔 차가 꼼짝도 못 하는 상황이 되었고, 며칠째 컵라면을 먹으며 꼼짝도 못 하고 있었는데, 여전히 일은 바빴다.

세 번째 책이 크게 알려지면서, 첫 번째와 두 번째 책도 덩달아 알려졌고, 급기야 다른 나라에서도 판권에 대한 문의가 쇄도했다. 여러 단체의 후원 전화도 걸려 왔지만, 역시 제일 많은 문의 전화는 '다음 책은 언제 나오는가.' 하는 것이었다.

그동안 밀려드는 취재진과 방문객으로 대표와 서 팀장이 진땀을 흘렸지만, 김 작가와 윤 팀장, 그리고 공장장은 아무런 동요 없이 다음 책을 꾸준히 작업해 왔고, 이제 막 마무리 작업을 하고 있었다. 자정을 지난 시간에 지하에서 작업을 하던 공장장이 사무실로 들어왔다.

"인쇄가 막 끝났어요. 그런데 워낙 비가 많이 와서 그런지 지하에 물이 고이네요. 방수 처리를 많이 신경 썼는데도, 그러네요…."

"그럼, 우리 모두 내려가서 사무실로 책을 옮겨 오기로 하죠. 운동도 할 겸!"

대표의 말에 모두가 지하로 내려갔다. 제본을 막 마친 싱싱한 책들이 긴 테이블 위에 쌓여 있었는데, 종이상자를 접고 각자 적당한 수량을 넣고 밤새 옮겨야 하는, 쉽지 않은 상황이었다. 하지만, 그들은 저마다 새로 완성된 책을 펼쳐 보면서 마냥 행복한 얼굴이 되었다.

성당의 수사는 뒤척이다 잠에서 깼다. 늘 불면증에 시달리며 자다 깨기를 반복하는 그는, 잠에 취한 몸으로 일어나 물을 한 잔 마시고 나서, 차라리 잠을 포기하고 책이라도 읽어야겠다고 생각했다. 우선, 시원한 바람을 쐬면 정신이 온전하게 돌아올 것만 같았다.

침실에서 나와 본당을 지나 성당의 입구를 열었다. 여전히 비는 줄기차게 내리고 있었는데 바람이 없어서 시원하기보다는 후덥지근하게 느껴졌다. 좀 전에 책이라도 읽으며 밤을 지새우겠다는 생각이 떠오르자 갑자기 출판사가 궁금했다. 아직도 환하게 불이 켜져 있었다. 퇴근도 못 하면서 며칠을 저렇게…. 무슨 책을 만들기에 저렇게 저들은 행복해 보일까…. 조만간 저들의 책을 사서 나도 한번 읽어 볼까…. 이런저런 생각을 하고 있는데, 갑자기 출판사 쪽에서 쿵! 하는 소리가 들리더니 땅이 흔들렸다. 고개를 돌려 바라보니, 건물 한쪽이 땅속으로 기울며 가라앉았다. 연이어, 쿵! 쿵! 소리가 들리더니 건물의 낡은 부분이 무너지며 순식간에 건물 전체가 땅속으로 꺼졌다. 수도사제의 눈이 커졌다. 그의 심장이 마구 뛰기 시작했다. 그리고 숨이 막혔다. '아아, 안 돼! 안 돼!' 그는 미친 듯이 출판사 쪽으로 뛰어갔다. 이미 건물은 커다랗게 생긴 싱크홀 안으로 가라앉으며 무너져 있었다. 무너진 건물 위로 진흙처럼 걸쭉한 흙탕물이 쏟아져 내리고 있었다.

"주님! 이건, 이건…. 아니잖아요…!"

그 끔찍한 장면을 목격한 수사는 정신을 차릴 수 없었다.

그토록 사라지기를 바랐던 출판사가 막상 땅속으로 부서지고 무너지며 가라앉자, 도무지 정체 모를 서러움이 밀려왔다. 곧이어, 그들이 처음 이곳에 발을 디딘 날부터 오늘까지의 일들이 여러 장면으로 나뉘어서 스쳐 지나갔고, 그들의 수줍고 환한 미소와, 간혹 들려오던 명랑하고 밝은 웃음소리, 눈에 보일듯한 순수한 열정이 떠오르며, 엉엉 울기 시작했다.

'아, 아, 주님, 저는 참 못난 사람인가 봅니다. 주님⋯.'

별일도 아닌데 그들을 미워했던 자신의 마음이 한없이 부끄럽고 초라했다. 더, 자꾸만 더, 눈물이 솟구쳐 올라왔고, 하염없이 빗줄기를 퍼붓는 하늘을 올려다보며 길을 잃은 짐승처럼 울부짖었다.

다음 날, 출판사 주차장엔 소방관계자와 자원봉사자, 기자와 참사 가족을 위한 여러 개의 천막이 설치되었다. 건물의 잔해를 걷어 내고 그들의 시신을 찾아낸 건 이틀 후였다. 비도 계속 왔고, 길도 좁아서 장비들이 들어오기 힘들었다. 수많은 사람이 함께 고생한 끝에 그들이 있던 지하실을 찾아냈다. 놀랍게도 그들의 시신은 모두 온전했다. 소방서 팀장이 뉴스 인터뷰에서 말했다.

"건물이 무너지고 가라앉으면서 에어 포켓이 생겼어요. 그들은 아마 수 시간 동안 생존해 있었을 겁니다. 기다란 테이블 아래 나란히 누워서, 가슴엔 책을 한 권씩 안고 있었는데요, 놀랍게도 모두 무척 편안한 모습이었습니다."

현장 정리가 대충 마무리될 무렵, 며칠을 함께 복구 작업에 참여해 온 수도사제는 흙더미 속에 있던 책을 한 권 집어 들었다. 그는 묻어 있는 흙을 털고, 언덕 아래가 한눈에 훤하게 보이는 곳으로 가서, 넓적한 돌 위에 앉아 책을 들춰 보았다.

네 번째 책의 제목은 《마법의 출판사》였다.

'푸르고 아름다운 별나라에, 행복과 축복과 사랑으로 만들어진 출판사가 있었습니다. 오래된 학교 건물의 일부를 보수하여, 아담하고 예쁜 출판사가 탄생했습니다.'로 시작했다. 그리고 이어지는 이야기는 놀랍게도, 마치 출판사가 자서전을 썼다고 해도 될 만큼 첫 번째 책에서 네 번째 책까지 발행하는 이야기가 고스란히 담겨 있었다. 수도사제는 이윽고, 책의 마지막 페이지를 읽어 나갔다.

이 세상에 마법 따윈 필요 없었다.

다만, 의식의 자각과 도약이 필요했을 뿐.

창조주를 닮은 인간은 모두,

무한한 마법을 창조할 능력을 이미 갖추고 있었으니까.

출판사는 더 이상 이 별나라에 존재할 필요가 없다고 생각했다.

그때, 공장장이 말했다.

"우리, 다른 별로 가 보기로 해요.

아직은 도움이 필요한,

한창 자라나고 있는,

어린 별나라를 도와야죠…."

장마가 한창이던 어느 날,

출판사는 거센 비바람과 함께, 흔적도 없이, 푸른 별에서 사라

졌다.

6

바람을 그리는 여인

．

．

．

피를 보는 게 그에게는 익숙하다.

어쩔 수 없는 환자들의 죽음을 수없이 경험했다.

하지만 여전히 죽음은 낯선 것이었다.

MRI 영상을 꼼꼼하게 바라보는 그에게는 오직 한 가지 생각만 반복되고 있었다.

'좆.됐.다.'

자타공인 최고의 흉부외과 의사…!

그는 얼마 전 절친한 친구와 그의 부인이 끔찍한 교통사고를 당했을 때도, 전혀 자신은 죽음과 상관없다고, 아직은 먼 이야기라고 생각했었다. 뇌종양 진단을 받고 나서야 죽음이 남의 것만이 아님을 실감하게 됐으니까. 간담이 서늘해지는 느낌을 난생처음 느끼면서, 함께 영상을 살펴보는 친구를 겁먹은 강아지처럼 바라보다가 조심스럽게 물었다.

"수술, 괜찮겠어…? 할 만하겠지? 뇌수술은 네가 최고잖아."

"물론, 수술은 할 만해. 너도 알겠지만, 종양이 아직 작아서 생명에는 지장 없을 거야. 하지만, 너니까 솔직히 말하는데, 알만한 사람이니까 말하지만, 수술 이후에 네가 계속 수술을 할 수 있을지는 아무도 모르는 거야. 안 그래?"

이런, 젠장! 의사들이 이렇게 말하는 게 얼마나 얄미운 건지, 확실한 환자가 되어 보니 알 것 같았다. 담담하고 차분한 목소리로, '넌 죽지는 않겠지만 병신이 될 수도 있다.' 뭐, 그런 이야기를 경험상 냉정하게 해야 하는 건 알지만, 막상 당해 보니 목구멍에서 욕이 터져 나올 것만 같았다.

몇 달 전부터 시도 때도 없이 두통이 있었다. 처음엔 별거 아닐 거로 생각했는데, 아무래도 이상하다는 느낌이 들어서 켕기는 마음으로 MRI 검사를 한 거였다. 친구는 빨리 발견해서 다행이라며 되도록 빨리 수술 일정을 잡겠다고 말하고 떠났다.

사무실로 돌아온 그는 의자에 털썩 앉으며 길게 한숨을 쉬었다. 어느덧, 가을이 깊어져 가고 있었다. 멍한 마음으로 창밖을 보니 바람이 나무를 흔들며 지나갔는데, 마치 자신을 비웃고 지나가는 기분마저 들었다. 내가 너무 오만하고 도도하게 살아온 걸까.

알게 모르게 남에게 쓰라린 상처를 주며 살아온 건 아닐까. 그래서 벌을 받는 게 아닐까. 얼마 전에도 동생에게 쓰레기 백수라며 잘난 척을 하지 않았던가. 아아. 이렇게 나약한 게 인간인데, 내가 잘나면 얼마나 잘났다고…. 하며, 그는 여러 번 마음속 자신을 채찍질했다.

며칠 만에 일사천리로 수술 일정이 잡히고, 어느덧 동료들의 걱정스러운 시선과 따뜻한 위로의 말을 들으며 수술실로 들어갔다. 부모님과 동생에게는 학회에 다녀온다고 안심시켜 놓았다. 어차피 동생은 국민 영웅이 된 후로 바쁘기만 하다. 다큐를 만든다는 여자친구까지 덤으로 생겼으니까.

하지만, 수술이 잘못되면? 수술이라는 게 또 그렇듯이, 뭐 한 가지만 잘못되어도 생명이 오가는 일 아닌가. 이대로 죽으면 어떡하지? 유언이라도 해야 했나? 편지라도 남길 걸 그랬나? 메모라도…. 평소 침착하기만 했던 그는, 온갖 생각으로 뒤죽박죽 엉망이었다.

마취과 선생님의 '마취 들어갑니다….'라고 하는 소리가 들리는 듯싶었는데, 매일 그 소리를 들으며 수술을 시작하고 그랬는데, 그는 까만 암흑 속으로 자꾸자꾸 빨려 들어가고 있었다.

"일어나 봐. 그만 좀 깨라고!"

수술을 집도한 친구가 깨우는 소리에 눈을 떴다. 그는 눈을 뜨자마자 손가락을 움직여 보았다. 열 개가 다 잘 움직였다. 예후를 살펴야겠지만, 천만다행이었다.

"알지? 수술은 잘 됐고, 방사선 치료는 안 해도 되지만, 완치 판정 받기 전에는 수술 못 해. 이참에 너, 어디 좋은 데 가서 휴양이나 해라. 한 3, 4개월쯤. 어때? 너 맨날 최고의 서전(Surgeon)이 될 거라며 연애도 안 하고 휴가도 없이 수술만 했잖아. 멍청하게!"

말을 마친 그는 즐겁다는 듯 껄껄 웃었다. 하, 빡쳐! 이건 뭐, 친구라고 말을 너무 함부로 하는 거 아닌가. 저거 잘난 척 아냐? 나도 저러고 살았나? 하지만 정성스럽게 수술 잘해 준 고마운 친구가 아니던가. 참자, 참아…!
그는 차라리 감사한 마음을 가득 품고, 그에게 고분고분하게 답했다.

"그래, 생각해 볼게…."

얼마 후, 그는 부모님과 동생에게 해외 연수를 다녀온다고 하고, 동해에 있는 펜션을 두 달간 빌렸다.

가끔 휴가를 내고 와서 세미나 준비를 하거나, 새로운 의학서적을 공부했던 곳이었다. 음식은 해 먹어도 되지만, 관리사무실로 쓰고 있는 펜션에 예약하면 언제나 집밥처럼 식사할 수 있어서 무척 편했다.

커다란 거실 창문을 통해 바다와 파도가 눈앞에 펼쳐졌다. 햇빛이 모래사장 위에서 반짝이고 있었다. 열 명이 들어와도 넉넉할 이곳을 늘 혼자만 와서 머물다 가곤 했다는 생각에 문득 씁쓸한 외로움이 밀려왔다. 피곤했다. 운전이 이렇게 힘들지 않는데…. 간단히 샤워를 마치고, 파도 소리와 함께 그는 낮잠을 청했다.

바닷가에 온화하게 빛나는 햇살과 함께 모처럼 꿀 같은 잠을 자던 그는 전기톱 소리에 잠에서 깼다.

바닷가에 어울리지 않는 전기톱 소리가 났다. 나무토막을 자르는 소리로 들렸다. 그는 펜션에서 나와 소리가 나는 바로 옆의 펜션으로 향했다. 한 여인이 마당에서 전기톱으로 기다란 나무토막을 자르고 있었다.

맨발로 네모난 의자 끝에 긴 나무를 단단히 고정하고, 전기톱으로 자르는 모습이 능숙해 보였다. 짧은 반바지에 비키니 상의를 입고, 속이 비치는 카디건을 걸친 그녀는, 예쁘다기보다는 아름다웠고, 귀엽다기보다는 매력적이었다. 그리고 무척 강하고 지적으로 보였다.

키가 크고 마른 편이었는데, 긴 머리카락을 머리 위로 묶고 있었다. 뭔가 이국적인 느낌이 강했다. 묘한 신비로움이 감싸고 있는 듯한 그녀에게서 눈을 떼기가 힘들었다. 그때, 그를 발견한 그녀가 먼저 말을 걸어 왔다.

"아, 좀 시끄러웠죠…? 미안해요. 제가 그림을 그리는데, 캔버스를 직접 만들어서 그리거든요. 혹시, 방해됐나요?"

"전혀요. 저는 저 혼자만 있는 줄 알았어요. 여름도 다 지나가고, 여기가 좀 한적한 편이잖아요. 그래서 좋기는 하지만…."

"커피 한잔할래요? 방금 내렸는데?"

"아, 좋죠. 하하하."

늘 까다롭고 날카롭기만 했던 그는 자신도 모르게 밝고 활기차게 웃고 있었다. 그녀는 그보다 몇 살 많아 보였지만, 나이와 전혀 상관없이 매력이 넘쳤다. 그녀는 각 펜션 마당마다 설치해 둔 파

라솔로 그를 안내하고, 유리로 된 커피 주전자를 가지고 나오며
말했다.

"의사라면서요? 뇌종양 수술 받았다면서요? 아, 관리인 아저씨
한테 들었어요. 여기 펜션이 일곱 채 있는데, 관리인 부부가 있는
펜션을 빼면 우리 둘밖에 없어요. 그래서 알아요. 아니, 사실, 제가
아까 물어봤어요. 그런데 무섭지 않았어요? 그런 수술 받는 거?"

"사실, 좀 두렵고 무섭고 그렇더라고요. 몇 달 전에 제 친구가
부인과 함께 교통사고로 사망했거든요. 정말 진실하고 좋은 친
구였어요. 암튼 그때도, 죽음은 저와는 먼 이야기로 생각했었는
데…."

"아, 그러셨군요…."

"그리고 제 동생은 얼마 전까지 백수였는데, 그래서 제가 구박
도 엄청나게 했는데 지금은 지나치게 잘나가고 있어요. 아까도 통
화했는데, 사과를 들고 애인한테 사과하는 영상의 CF를 찍기로
했대요. 잘난 척만 했던 제가 오히려 부끄럽더라고요…. 초면에 제
가 별말을 다 하네요. 그렇죠?"

"아, 뭐, 좋은 거죠. 솔직하게 말할 수 있다는 게…. 근데, 잘생기
셨어요."

"제가요? 거 참, 쑥스럽네요. 허허. 그런 이야기 가끔 듣지만,

냉정하고 차갑다고 전부 저를 멀리하더라고요."

"그림 그리기 좋게 생겼어요. 귀여워요. 이목구비도 또렷하고…. 에취!"

그녀는 테이블에 둔 사각 화장지를 뽑아서 갑자기 팽팽 코를 풀었다. 마치, 주위에 아무도 없는 듯 거리낌이 없었다.

"죄송해요. 어제 발가벗고 잤더니, 감기 오려나 봐요. 좀 괜찮은가 싶었는데, 갑자기 또…."

"근데, 무슨 그림을 그리세요?"

"저는 바람을 그려요."

"바람이요? 그게 그려지는 건가요?"

"음…. 말로 하기는 그렇고, 내일 보여 줄게요. 에취! 아직, 마무리 중인 그림이 있어서요. 저는 여기 온 지 1년이 다 돼 가요. 지난주까지만 해도 펜션이 사람으로 가득했는데, 순식간에 썰렁해지네요. 저렇게 바다가 아름답고 파도 소리가 좋은데…."

그녀가 그렇게 말하자, 저절로 귀를 기울이게 돼서 그런지 파도 소리가 갑자기 크게 들리는 것만 같았다. 파도 소리가 좋았다. 한적하고 조용한 이 해변에서 그는 알 수 없는 싱그러움을 느꼈다. 그녀는 또 소리를 내며 코를 풀고 있었다.

그녀는 다음 날 오후에 그림을 감상하게 해 주겠다며 약속을 잡고는 인사했다. 몇 걸음 걸어 나오니 다시 그녀의 전기톱 소리와 재채기 소리가 들려왔다. 병원에서 냉혈한이라고도 소문이 난 그였는데, 어느덧 자신의 마음이 온화하고 따스한 바람으로 서서히 차오르는 느낌을 느꼈다. 참 생소하고 이상한 느낌이었다.

다음 날, 약속한 시각에 그녀의 펜션으로 갔다. 펜션의 문이 활짝 열려 있었는데, 그녀는 어제 이야기 나누던 파라솔 아래에서 커피를 준비하고 있었다. 묶었던 머리를 풀어헤치고 늘씬한 몸에 검은색 롱드레스를 입고 있는 그녀는 무척 지적이고 우아해 보였다. 그새 재채기와 콧물은 멎었는지 화장지가 없었다.

"우선, 우리 차 한잔해요. 저는 이야기하는 거 참 좋아해요."
"그럼, 그럴까요…?"
"어제도 잠깐 생각했는데, 귀여운 거 같아요."
"에…? 제가요? 저 냉정하고 까칠하기로 유명한데…."
"그러니까 귀엽죠. 괜히 무게 잡고, 잘난 척하고, 뭐, 그러는 거잖아요. 안 그래요?"

순간, 그녀의 말이 칭찬이 아니라 비난이라는 생각에 얼굴이 화끈거렸다. 이런 상황이 낯선 그는 어쩔 줄을 몰랐다. 진땀이 흐를 것만 같아서 조마조마했다. 그녀는 그런 그를 정면으로 바라보며 미동도 하지 않더니, 부드러운 표정으로 말을 이었다.

"근데, 무게 잡고, 잘난 척하고, 뭐 그러면 어때요. 그게 죄도 아니고. 저는 그냥 사람들이 그러는 게 다 귀여워 보여요. 그러니까 긴장하지 마세요. 중요한 게 아니에요. 그런데, 한낱 인간이 잘나면 얼마나 잘날 수 있겠어요. 안 그래요? 주제 파악을 못 하는 것 뿐이죠. 사람들은 날마다 접하는 타인들과 작고 큰 사건들과 뉴스와 미디어를 받아들이고 이해하고 정의 내리면서, 자기 자신을 끊임없이 재구성하고 재창조하고 있지요. 오늘의 내가 어제와 비슷하다고 해서 같은 사람이라고는 할 수는 없는 거예요. 그렇잖아요. 안 그래요?"

"그런 거 같네요…."

"그런데 제가 왜 바람을 그리는 줄 아세요?"

"글쎄요…."

"저는요, 바람은 신을 닮았다고 생각해요. 어디에나 있지만, 보이지 않는 신. 때로는 부드럽기도 하고, 때론 무섭고 사납기도 한 신. 그렇지 않나요? 하지만 바람이 그렇듯이, 사실 저는 인간도 신을 닮았다고 생각해요. 인간의 육체가 아니라 영혼이…. 하지만 인간들은 자기 마음도 몰라요. 마음은 형태도 크기도 없잖아요. 그래서 좁쌀만큼 작아질 수도 있고, 세상을 덮고도 남을 만큼 커질 수도 있지요."

어제와는 다르게 그녀는 이상하게 그를 긴장하게 했다. 그녀는 말할 때마다 그가 어제는 눈치채지 못했던 강렬함을 마구 뿜어 대고 있었으니까. 그는 사실 오늘 그녀에게 멋지게 건넬 말을 몇 개 생각해 오기도 했는데, 아무 말도 안 하는 게 좋겠다고 생각했다. 어느새 자신만 커피를 다 마셨다는 걸 알아챘다. 그녀는 커피를 더 따라 주며 말했다.

"미안해요. 저도 잘난 척만 했네요. 호호호. 오늘도 바람이 참 좋네요. 어제처럼."

그녀는 말을 멈추고 파도치는 바다를 바라보았다. 마치, 혼자 앉아 있는 것처럼…. 그도 말문이 막힌 채 커피잔을 만지작거리며 바다를 보았다. 파도가 철썩거렸다.

잠시 후 그녀는 그림을 보여 주겠다며 그를 안내했다. 현관을 들어서자마자 그의 눈이 커졌다. 마치, 펜션이 아니라 화랑에 들어선 느낌이 들었다. 그의 펜션과 같은 구조였지만, 천장이 높고 면적이 넓은 거실에 온통 그림이 걸려 있었다. 그림은 모두 유화였다. 크기는 조금씩 달랐지만, 사람의 키만 한 그림들이 가로세로로 걸려 있었다. 족히 수십 점은 되는 그림들이 천장에 닿을 정도로 가득 차 있었는데, 뭔지 모를 경건함마저 느껴졌다.

"이 그림이 뭔지 아세요? 맞춰 보세요."

세로로 긴 캔버스, 가로등과 가로수가 보였고 허공에 낙엽 3개가 둥둥 떠 있었다. 그가 생각하는 표정을 짓자, 그녀가 기다리지 않고 그냥 말했다.

"〈거리를 지나가는 가을바람〉이에요. 바람은 보이지 않지만, 저 낙엽을 가만히 바라보면 바람이 느껴져요. 그 옆에는 뼈에 사무치는 겨울바람이에요. 흩날리는 눈송이로 싸늘하고 차가운 바람을 표현한 거죠."

"그럼, 옆의 그림은 회오리바람이겠네요. 바람이 흙과 모래를 쓸어 담으며 하늘로 올라가는 거로 보여요."

"맞아요, 회오리바람. 그런데 제목은 〈바위를 들어 올리는 회오리바람〉이에요. 저 회오리 안에 검은 거 보이죠? 그게 바위에요. 바위가 회오리바람에 날아오르는 거 봤어요? 전 봤어요. 신기하더라고요."

　그녀는 어느새 즐거운 얼굴이었다. 그도 기분이 좋아지고 있었다. 그녀는 계속 그림을 설명해 주었다. 〈창틈에 스미는 정겨운 바람〉, 〈꽃향기를 품고 온 바람〉, 〈무지개처럼 화사한 봄바람〉, 〈자만과 오만을 쓸고 가는 비바람〉, 〈웃음과 함께 부는 실바람〉, 〈아가를 재워 주는 산들바람〉, 〈어깨를 스치는 솔솔바람〉, 〈소슬바람〉, 〈된바람〉, 〈황소바람〉, 〈싹쓸바람〉, 〈창틈에 기어드는 바람〉, 〈옷을 벗기는 더운 바람〉, 〈배꼽을 간지럽히는 바람〉까지 있었다. 그녀의 바람들이 이렇게 다채로울지 상상하지 못했다. 그림들은 모두 알 수 없는 근엄함마저 풍기고 있었다.
　그녀는 그림의 오른쪽 옆면에 볼펜으로 제목을 써 두었는데, 그림을 감상하고 제목을 상상한 다음에 그 제목을 맞춰 보는 재미도 있었다. 거실 맨 안쪽에 바람이 느껴지지 않는 정원의 풍경이 있었는데, 그녀는 그 그림의 제목이 〈5월의 바람〉이라고 했다. 자세히 보면, 정원의 풀과 꽃들이 여러 방향으로 기운 게 보일 거라고 했다. 정말 그랬다. 자세히 바라보면 바람이 보이고 느껴지는 것만 같았다. 그녀의 그림은 다 그랬다. 하지만 그 옆의 그림은 알 수 없었다. 누가 봐도 그녀 자신의 누드였기 때문이다. 조금 어려 보이기는 했지만 분명, 그녀가 옷을 다 벗고 자신을 그린 그림이 었다. 배꼽부터 그려진 상반신 그림은 그녀의 탄탄한 몸매와 가느다란 허리, 매력적인 가슴과 분홍색 젖꼭지, 붉은 입술, 무엇보다 얼음처럼 차가우면서도 신비한 따스함을 지닌 그녀의 눈동자를 잘 묘사하고 있었다. 긴 그녀의 머리칼이 아무런 흔들림 없이 곱게 그려져 있었다. 옆면을 보니, 제목이 적혀 있지 않았다.

"이 그림 제목은 뭐예요? 자화상 같은데…. 제목도 없고."

"그 그림의 제목은…. 〈바람둥이〉예요. 제가 예전에 좀 놀았거든요. 사람이 여기저기 왔다 갔다가 하면 바람이 불잖아요. 바짓가랑이에 스치는 바람이든, 치맛바람이든, 그것도 바람은 바람이니까."

그녀가 미소 지으며 과거를 회상하는 즐거운 표정으로 담담하게 말해 주었다. 옆에 있는 또 하나의 그림을 보았는데, 피가 잔뜩 묻은 커다란 칼이 대각선으로 그려져 있었다. 자세히 보니 허공에도 핏방울이 흩뿌려져 있었다. 근데, 뭔가 이상하게 처연하면서도 아름다워 보였다.

"이 그림은 제목이 〈칼바람〉, 아닌가요?"

"정답이에요. 칼날도 허공을 가르면 바람을 일으키죠. 저 피가 돼지의 피든, 사람의 피든, 칼바람이 불면 생명이 사라지는 거예요. 쓰라리거나 아픈 바람이 되는 거지요. 하지만 새롭거나 기이하거나 잔인한 것도, 나름의 신비로움과 아름다움을 가지고 있어요. 슬픔도 아픔도, 아름다움을 가지고 있어요. 그것들이 결국 행복과 감동을 키우는 영양분이 되니까요. 이상하게도 인간은 몸살만 걸려도 성숙해져요."

뭔가 거침없고 억지스러운 그녀의 설명은 묘하고 강한 설득력을 가지고 있었고, 이상하리만치 잘 이해되었다. 그는 가만히 고개를 끄덕였다. 누구도 그녀의 그림을 흉내 내지 못할 것 같았다. 커다란 캔버스에 정교하고 힘 있는 터치, 무엇보다 기이한 그녀의 느낌이 듬뿍 담겨 있었으니까.

마당에 있는 파라솔로 나와 그들은 차를 한 잔 더 했다. 그림 이야기를 조금 더 나누고, 아쉬운 마음에 그는 동생 이야기와 병원 이야기까지 조금 더 늘어놓았는데, 그녀는 조용히 차를 마시며 묘한 표정으로 듣고만 있었다. 그러다가 찻잔을 내려놓으며 말했다.

"그림 다 보여 줬으니까, 가서 식사하고 자요. 수술받고 난 지 얼마 안 됐으니까 많이 자는 게 좋잖아요. 안 그래요, 의사 선생님?"

반말인지 존댓말인지 주로 모호하게 말하는 그녀는, 부드러운 표정으로 그의 등을 떠밀었다.

그림을 감상하는 동안 시간이 꽤 흘러 있었다. 그는 관리인의 펜션에 가서 식사하고, 자신의 숙소로 돌아와 탕에 물을 받아 모처럼 뜨끈하게 목욕했다. 탕 속에 눕고 나니 이상하게도 아까 보았던 그녀의 신비한 그림들이 차례차례 떠올랐다.

그날 밤, 그는 꿈을 꾸었다.

바닷가에 해가 지고 있었다. 여기저기 구석구석 어둠이 빛을 삼키다가, 덩치가 커다란 어둠이 다가와 나머지 빛을 한꺼번에 꿀꺽 삼켰다. 그렇게 밤이 찾아왔다. 태어나서 처음 보는 커다랗고 붉은 달이 솟아올랐다. 가장 큰 보름달보다 수십 배는 커 보였다. 불현듯 고요하고 붉은 주변이 낯선 그는 옆에 있는 그녀의 펜션으로 달려가 문을 두드렸는데, 문이 조금 열려 있었고 그녀는 보이지 않았다.

그는 그녀의 거실 겸 화랑 안으로 들어갔는데 그림에서 바람이 나오기 시작했다. 처음엔 부드러운 바람들이 나온다 싶었는데, 순식간에 모든 그림에서 바람이 쏟아져 나오기 시작했다. 그녀의 바람들이 모두 한꺼번에 쏟아져 나왔다. 된바람 황소바람 싹쓸바람까지 합해지자 두렵고 무서워졌다. 그렇게 무시무시한 바람은 본 적도 느껴 본 적도 없었다. 모든 유리창이 깨지면서 밖으로 바람이 쏟아져 나갔다.

놀란 마음에 밖으로 뛰쳐나와 보니, 세상이 온통 바람으로 가득했고 하늘에선 번개가 쏟아졌다. 어느새 회오리바람이 주변의 모든 사물을 부수며 삼키고 있었고, 이름 모를 거대한 바람이 바다를 통째로 들었다 놓았다. 바닷물이 사방으로 튀었다. 지구가 송두리째 부서지는 것으로 보였다. 어디에도 도망칠 곳이 없었다. 쏟아지는 빗줄기와 날아다니는 바위가 보였는데, 거대한 바위가 그를 향해 정면으로 날아오고 있었다. 그는 눈을 질끈 감고, 죽을 각오를 했다. 마침내, 죽을 각오를 하고 나서야 잠에서 깨어났다.

이불과 베개까지 침대 아래로 떨어져 있었다. 온몸이 식은땀으로 젖어 있었다. 나름 무서운 거 없이 살아왔는데, 이상한 일이었다.

커튼을 활짝 열었다. 창밖은 화창했다. 모래알에 부딪히는 햇빛과 푸르른 바다, 하늘을 떠다니는 하얀 갈매기가 오히려 환상처럼 느껴졌다. 너무나도 현실적인 꿈과 환상적인 현실 속에서, 그는 과연 어느 것이 진짜인지 골똘히 생각해 보았다. 갑자기 자신이 살아있는 걸까, 이미 죽은 걸까 하는 생각마저 했다.

바닷가 모래사장에서 바람을 그리는 여인이 은회색 레깅스에 헐렁한 노란색 티셔츠를 입고 운동하고 있었다. 머리는 뒤로 묶고 있었다. 날씬하고 기다란 그녀가 바닷가에서 유감없이 빛나고 있었다. 빨간 파라솔을 하나 펼쳐 놓고, 왕복 달리기를 하다가 체조하고, 또 왕복 달리기하고, 발차기하면서, 이상한 무술 같은 것도 했다. 파라솔은 잠시 쉴 때 쓰려고, 펼쳐 놓은 것 같았다.

그는 서둘러 샤워하고, 운동복으로 갈아입고, 그녀에게 가서 말을 걸었다.

"운동하세요?"
"막 끝났어요."
"이야기 좀 해도 돼요?"

그들은 파라솔 아래, 모래 위에 나란히 바다를 향해 앉았다. 그녀가 모래 속에 박아 둔 물병을 집어 들며 말했다.

"꿈…. 꿨나 봐요?"

"그걸, 어떻게…!"

"이 세상에서 나라고 하는 개체의식이 사라지면 어떻게 될 거 같아요?"

"아마…. 전체의식만 남겠죠."

"맞아요. 하지만 엄밀히 말하면 개체의식과 전체의식이 합해지는 거예요. 그런데, 만약에 우리 두 사람이 있다가 내가 사라지면 어떻게 되겠어요?"

"저만 남겠죠."

"바로, 그거예요! 나는 원하면, 그렇게 당신을 온전하게 느낄 수 있어요. 마치 나 자신을 느끼듯이…."

"그게 어떻게 가능해요?"

"잠시라도, 한순간이라도 온전하고 완전하게 자신을 비울 수 있다면, 완벽하게 내려놓을 수 있으면 돼요. 꿈속에서 죽어 봤잖아요. 죽을 각오, 했잖아요. 내가 죽으면 전체가 되는 거예요. 마찬가지로 둘이 있다가 한 사람이 사라지면 나머지 사람만 남으니까, 그 사람을 정확히 느낄 수 있죠. 어려운 게 아니에요. 물론 쉽다고도 할 수는 없지만…. 그냥, 자전거 타기 같은 거예요. 처음은 힘들지만, 한 번 탈 줄 알면 언제나 탈 수 있잖아요. 요리 같은 거예요. 한 번 맛보면…. 그걸 먹고 있지 않아도 그 맛을 떠올릴 수 있잖아요. 아, 저, 방귀 나오려고 해요. 갑자기."

그녀는 벌떡 일어나, 조금 떨어져서 방귀를 뀌고, 엉덩이를 털고 돌아왔다. 그녀가 뭔가 고귀하고 거룩하게 느껴질 때면, 그럴 때면, 그녀는 아무 거리낌이 없는 엉뚱한 말과 행동으로 함부로 판단할 수 없게 만들었다. 바람을 그리는 여인은 그렇게 고귀함과 천박함이 결국 크게 다르지 않다는 것을 몸소 보여 주고 있는지도 몰랐다. 아무튼, 그녀는 모든 게 자연스러워 보였다.

"생각할수록, 그림 너무 대단해요. 계속 생각나더라고요."
"모든 영감의 원천은 전체의식에서 오는 거예요. 제가 그려도 사실 제가 그렸다고 할 수 없죠. 그래서 자랑할 것도 아니에요."
"왜 그림을 그리세요?"
"그냥 그리고 싶어서요. 하고 싶은 일을 하는 것뿐이에요. 대단한 거 아니에요."
"전시회를 열면, 분명 대박 날 거예요."
"뭐 하려요? 나는 나를 인정하기 때문에 타인의 인정이 필요 없어요. 세상에서 제일 힘든 게 자신에게 인정받는 거잖아요."
"그래도 돈이 되잖아요. 또, 이 좋은 그림들을 많은 사람에게 보여 주면 좋잖아요."

"나 돈 많아요. 내 그림은 볼 사람만 보면 돼요. 세상이 필요하게 되면, 보여 주게 되겠죠. 그쪽도 수술 잘하잖아요! 좋아해서 한 일이잖아요! 최고가 되려는 욕심이 지나쳐서 병이 됐던 거지만, 사람들에게도 늘 대단하게 보이려고 차갑고 오만했던 것뿐이고. 동생을 위한다면서도 사실, 대부분 뭐 잘난 척만 한 거지만…."

"그걸 어떻게 알아요? 자세히 말한 적은 없는데…."

"말했잖아요! 나를 내려놓으면, 당신이 된다고. 세세한 건 몰라도 감정은 정확히 느낄 수 있어요. 그리고 사실, 한 사람의 현재 모습을 통해서 거의 모든 걸 볼 수 있어요. 거기엔 과거와 미래가 다 담겨 있으니까요."

"그런데…. 제가 어떻게 부르면 좋을까요?"

"호칭이요? 호칭 따위는 관계에 필요하지 않아요. 중요한 게 아니에요. 수많은 사람이 죽어서라도 이름을 남기겠다며 얼마나 이상한 짓을 많이 해 왔는지 알아요? 호칭 없어도, 잘 지낼 수 있어요. 부르고 싶은 대로 부르세요."

"그럼, 나이는 물어봐도 돼요…?"

"저 그딴 거 없어요."

그녀와 대화하기 참 막막해질 때가 있다. 그녀가 내 질문에 답하는 건지, 그냥 하고 싶은 말을 마구 하는 건지도 구분이 안 됐다. 그녀는 정말, 알수록 모르겠다. 질문하기가 살짝 두려워질 때도 있는데, 한편으로는 무슨 답을 할지 무척 궁금해지기도 해서 계속 이야기하고 싶어진다. 어찌 보면 나이가 없다는 그녀의 말이, 그 말도 안 되는 논리가 이해될 것도 같았다. 그녀는 관능적인 여인에서 순식간에 철없는 아이처럼 변하기도 했고, 순식간에 세상을 모두 터득한 영적인 존재로 탈바꿈하기도 했으니까. 물론 외모는 그대로 유지한 채로…. 그는 대화를 바꾸어 보려고 다른 말을 꺼냈다.

"그러고 보니 생각났는데, 작년 가을에 오래된 환자 한 명이 심장이식을 기다리다가 상태가 안 좋아져서 입원했는데, 아, 글쎄, 애인이 얼굴에 칼자국도 있고 너무 무섭게 생겼더라고요. 그런데 그런 그가 애인을 너무 애틋하게 아끼더라고요…. 결국 그녀는 심장이식을 기다리다가 사망해서 안타까웠지만. 근데 놀라운 건, 그 남자가 그 이후에 여러 명을 살인한 괴물이라며 뉴스에서 난리 났었어요. 잔인하게 사람들을 죽였대요…."

"죽음이 끝이라는 단편적인 생각으로 삶을 이해하기는 불가능해요. 그렇다고 죽음 이후에 벌을 받거나 보상을 받는다는 단조로운 생각으로도 역시 이해하기 힘들죠. 아는 사람이든 모르는 사람이든 우리는 어떤 식으로든 다 하나로 연결되어 있는데, 그걸 사람들은 아직 잘 모르는 거예요. 성숙한 세상에서는 살인 따위의 유치한 사건이 일어나지 않아요. 남을 해치는 것보다 돕는 게 즐겁고, 세상을 파괴하는 것보다 아름답게 하는 게 더 행복한, 그런 세상으로 성숙하게 되면 살인 따위는 사라져요. 더 이상 잔인하고 폭력적인 영화가 오락이 될 수 없지요. 그걸 즐겁고 재미있게 보는 사람이 없으니까. 안 팔리니까. 모든 것이 자신과 분리되어 있다고 생각하고, 삶을 이해하지 못하는 사람일수록 삶이 불공평하고 재수 없는 일 따위가 일어난다고 생각하기 쉬워요. 게다가, 인과관계는 그냥 얻어지는 게 아니라고 생각해요. 형제자매로 태어났다고 해서 계속 형제자매가 되는 것도 아니고, 친구 하자고 해서 친구가 되는 게 아니고, 애인하자고 해서 애인이 되는 것도 아니잖아요. 관계는 서로 이해하고 아끼고 노력하면서 유지하는 거지, 저절로 유지되는 건 아니죠. 그게 어떤 이유로든 유지되지 않으면 그 관계는 막을 내리거나 변형되어야 한다고 생각해요. 그게 안 될 때 비극이 탄생하죠. 관계에서 가장 근원적이고 가장 우리를 힘들게 하는 건 바로 자기 자신이에요. 그래서 삶은 자기 자신을 알 때까지 인간을 흔들며 괴롭혀요. 제발, 너 자신을 알라며…."

"우리가 누구인데요?"

"그건 스스로 깨달아야 하는 문제지만, 눈코입이나 몸뚱이가 전부가 아니라는 건 말할 수 있어요."

"우리 화가님, 너무 대단하신 거 아니에요? 뭔가, 세상을 다 아시는 분 같아요. 하하하."

그때, 갑자기 그녀의 눈동자가 검은 다이아몬드처럼 빛나며 표정이 차갑게 돌변하더니, 몸을 돌려 그를 정면으로 바라보고 싸늘하게 말했다.

"여보세요! 빈정거리시는 거예요? 제가, 여태껏 잘난 척한 거로 보였나요? 이해되는 이야기는 받아들이고, 아니면 무시하면 되잖아요. 불쾌하네요! 아무래도 제가 갑자기 너무 많은 말을 한 것 같아요. 갑자기 피곤하네요. 갈래요. 파라솔은 접어서 관리인에게 주시면 돼요."

그녀는 벌떡 일어서더니, 모래를 털면서 뒤도 돌아보지 않고 그녀의 펜션을 향해 걸어갔다. 걸어가면서 화가 난 듯 모래를 발로 팍 차고 가기도 했다. 그는 순간 자신이 버려지고 바보가 된 것만 같았다. 그래도 배울 만큼 배웠고, 나름 최고의 외과 의사인데, 그녀 앞에서는 수시로 바보가 되는 기분이어서 살짝 한마디 해 본 건데, 저렇게 정색할 줄은 전혀 예측하지 못했다. 무참했다. 그렇게 잘못한 거였나? 하지만, 정말 어처구니없지만, 그녀의 말은 전부 이상하지만, 너무 옳은 말처럼 들렸다. 다만, 어떻게 그녀의 기분을 풀어야 할지 막막해졌다. 파라솔을 접고 일어서는데, 갈매기 한 마리가 머리 위를 지나며 끼룩끼룩 그를 비웃는 것만 같았다.

그녀는 그날부터 펜션 문밖으로도 나오지 않았다. 무얼 먹고 사는 걸까. 차를 몰고 가끔 마트에 장 보러 간다고 말하기는 했지만, 궁금했다. 그림을 그리나? 그런데 온종일? 집 안에서만? 그럴 수도 있겠다 싶었다. 그녀라면….

하지만 이틀 내내 그녀의 모습을 볼 수 없자, 그는 안절부절못했다. 그는 자기 마당에도 설치되어 있는 파라솔 의자에 앉아 온종일 책을 보는 척하며 차를 마시면서 그녀가 밖으로 나오기만 기다렸다. 해가 지면 어쩔 수 없이 안으로 들어갔다. 그녀 펜션에 불이 켜지는 걸 보니 집에 있는 건 분명했다. 이틀이 지나고 나니, 그녀의 펜션을 두드려 볼까도 했는데 아무래도 그건 예의도 아니고, 아직도 그녀가 화가 나 있으면 감당이 되지 않을 것만 같았다. 참고 기다릴 수밖에 없었다.

드디어 3일째 되는 날, 아침에 일어나서 샤워하고 창밖을 보니 그녀가 관리인 부부와 함께 모래사장에 큰 천막을 치고 있었다.

너무 반가웠지만 그는 우선 커튼 뒤에 숨어 분위기를 살펴보기로
했다. 그녀는 천막을 다 치고 나서 작은 테이블을 가져오고 이젤
을 두 개 가져와, 그녀의 기다란 캔버스를 가로로 설치했다. 그리
고 긴 비치 의자를 가지고 나오고, 유화 도구를 가져와서 테이블
위에 내려놓았다.

그는 마트에서 사 온 음료를 두 개 들고, 그녀를 향해 갔다. 그
녀는 커다란 모자를 쓰고 노란 수영복에 흰색 롱카디건을 걸치고
있었다. 캔버스에는 그리다 만, 바다의 풍경이 있었다. 그녀가 먼
저 그를 발견하고는 아무 일 없었다는 듯 말했다.

"잘 지내셨죠? 오늘, 바람이 부드러워서 여기서 그림을 그리려
고요. 바람이 조금만 심해도 캔버스가 흔들려서 오늘 같은 날만
가능한 일이에요. 날씨 좋죠?"
"그러네요, 이 음료 좀 드시고 하세요."
"흠…. 그럴… 까요?"

그녀는 음료를 따서 시원하게 마셨다. 그 모습을 보며 그가 조
심스럽게 말을 꺼냈다.

“지난번엔 제가 좀 경솔했어요. 기분 푸시면 좋겠어요.”

“아, 그거요? 호호호. 괜찮아요. 일부러 그런 거예요. 자꾸 제 말에 집중을 안 하고, 저한테만 관심 가지시는 것 같아서… 제가 쌀쌀맞게 굴어야, 자기 자신에게 집중하실 것 같아서… 저도 죄송해요. 호호호.”

“그런 거였어요? 그렇게 티가 났어요? 저는 화가 많이 나신 줄만 알고, 신경이 많이 쓰이더라고요….”

“제가 이 그림을 그리느라 이틀이 지난 줄도 몰랐어요. 아직 더 그려야 해요.”

“그럼 방해하지 않을게요. 대신, 부탁 하나 할게요.”

“뭔데요? 말씀하세요.”

“제가 오늘 저녁 대접할 테니, 거절하지 마세요.”

“그거야, 뭐. 별로 어려운 일도 아니네요.”

식사 약속을 하고 나서 그녀는 덥다며 흰색 카디건을 벗어던지더니 바다로 뛰어 들어갔다. 수영하는 그녀를 보면서 그는 며칠간 타던 속이 후련하고 날아갈 것 같은 마음이 들었다. 그녀는 정말 이상하다. 늘 자기 멋대로 말하고 행동했지만, 오히려 그게 자연스러우면서도 이상한 기품마저 풍겨 나왔으니까.

그는 혼자 온 바닷가를 쓸쓸하지 않게 해 주는, 알 수 없는 기쁨과 충만감을 주는, 가끔은 황당해서 당황하게 만드는 그녀를 위해 직접 요리를 하기로 했다. 차를 몰고 마트에 가서 근사한 저녁을 위해 장을 봤다. 고급 포도주도 한 병 샀다. 누군가를 좋아하면 사람은 안 하던 짓을 한다고 했는데, 자신이 딱 그 짓을 하고 있다고 생각했다.

그녀를 사랑하는 걸까? 누나처럼 좋아하는 걸까? 존경하는 걸까? 그러다가 그건, 그녀가 늘 말하듯이 중요한 게 아니라는 생각이 따라왔다. 그저 하고 싶은 걸 하는 것이다. 그런 생각만 하기로 했다.

그녀가 도착할 시간에 맞춰, 최고급 스테이크를 굽고, 채소를 볶고, 감자를 맛나게 튀겨서 쌀밥과 함께 식탁에 차려 놓았다. 클래식 음악까지 틀어 놓았다.

그녀는 제시간에 맞춰 빨간 드레스에 검정 숄을 걸치고, 머리를 풀어 헤치고 나타났다. 향수를 뿌렸는지 매혹적이고 고풍스러운 향기도 풍겼다. 그녀는 식사가 차려진 테이블을 보고는 만족한 표정으로, "오~ 의사 선생님이 제법인데요?"라며 즐거워했다. 멋진 글라스에 포도주도 한 잔 따라 주었더니, 그녀는 포도주가 무척 고급스러운 맛이라며 계속 홀짝거렸다. 두 잔, 세 잔… 편안한 대화를 주고받다가 의사가 말했다.

"저 뇌수술 받기 직전에도, 받은 후에도 죽음에 대해 많이 생각하게 되더라고요. 그러면서 삶이라는 의미도 완전히 새로워지는 거 있죠? 무엇보다, 이렇게 내가 행복한 시간을 가질 거로 상상하지 못했어요. 제게는 정말 신비한 시간이에요."

"지금, 그게 나 때문이라는 말이죠? 칭찬해 주는 거죠? 나 칭찬 필요 없는데…. 그래도 기분 좋네요. 히히."

"근데, 사람이 죽으면 어떻게 되는 걸까요…?"

"누구도 죽음에서 돌아온 사람이 없어요. 진리의 속성이 그렇듯 죽음도 무한한 것인데, 몇 분, 또는 몇 시간 임사체험을 했다고 죽음을 안다고 할 수 있을까요? 아니, 3달이나 3년의 죽음 뒤에 돌아왔다고 해서 죽음을 안다고 할 수 있을까요? 죽음이 무한한데? 그래서 죽음은 신비로 남아 있는 것이고, 신의 영역이라며 경외감을 가질 수도 있지요. 죽음이 삶의 열매이거나 완성, 또는 초월이라는 이해나 확신이 있다면 비참한 죽음 따위는 없겠지요. 죽음이 삶의 끝이라고 생각하면 비극이지만, 죽음은 훨씬 신비하고 오묘하다고 말하고 싶어요. 의사 선생님은 아직 다 몰라도 돼요. 곧 알게 될 거니까. 모든 걸 성급하게 한꺼번에 알려고 하지 마요. 나는 알지만. 그게 참, 말로 설명하기 힘들어요."

그는 곧 알게 될 거라니, 죽을 때가 된 거냐고 묻고 싶었지만, 그냥 침묵하고 진지하게 듣는 척만 하며 포도주를 꿀꺽 삼켰다. 그녀가 말을 계속했다.

"그런데 선생님은 전기와 전파와 빛의 속도가 같다는 건 알고 있죠?"

"네, 그 정도는 뭐 상식이죠."

"근데, 그 세 가지는 장애물이 생기면 굴절되거나 속도가 느려지잖아요. 그죠? 그런데 말이에요. 우주에서 제일 빠른 게 뭔지 알아요? 그건 바로, 마음의 속도예요. 마음은 우주에서 가장 빠르면서도, 그 어떤 장애물도 없어요. 내가 지구 반대편의 사람을 떠올려도, 광속으로 100년 떨어진 별의 누군가를 떠올려도, 거의 실시간으로 마음은 가닿거든요."

"그럴 수도 있겠네요…."

"그런데요. 마음으로 움직이고 마음의 속도로 날 수 있는 비행체가 있는 거 알아요? 모르죠? 저는 그걸 가지고 있어요."

의사는 자기도 모르게 하하하 웃었다. 그녀가 아이처럼 순수하게 말하는 표정도 우스웠고, 내용은 정말 황당했으니까. 다행히, 그녀도 그런 반응을 예상한 거 같았다. 아무 신경도 쓰지 않았다.

오히려 그녀는 계속 진지한 얼굴로 더욱 황당한 이야기를 펼쳤다.

"의사 선생님은 이 세상이 지구인으로만 돌아간다고 생각하죠? 난 다른 별나라에서 왔어요. 믿기 힘들겠지만…."

어떨 때는 이 여자, 살짝 돌아버린 여자 같다. 약간 무섭기도 하다. '이러다가 정신병원에서 그녀를 데리러 오는 거 아닐까?' 하는 생각마저 났지만, 그녀가 또 엉뚱하게 반응할까 봐 염려되어서, 그는 마른침을 삼키며 애써 태연한 척 물었다.

"그럼, 그런 외계인이 지구에 몇 명이나 있어요?"
"엄청 많죠…. 여기저기 많이 있어요. 의사 선생님은 아직, 쥐뿔도 모르지만…."

그녀는 잠시 크게 호흡을 가다듬더니, 비장한 표정으로 말했다.

"이 메마르고 황폐해져 가는 지구에는 끈기와 연민과 스스로 부여한 사명감으로, 싸움이 아니라 이해를 구하는 간절한 설득을 통해 세상을 더 나은 곳으로 만들기 위해 끊임없이 노력하는 수많은 외계인이 있어요. 과학자, 종교인, 작가, 연출가, 연예인, 가수,

작곡가, 정치인, 환경운동가, 인권운동가, 등등. 거의 모든 영역에서 활동하고 있지요. 순수한 마음으로 자발적인 노력을 아끼지 않는 대부분은 지구보다 훨씬 월등한 별에서 왔다고 생각하면 돼요. 생각보다 수많은 별나라에서 다양한 종족이 지구에 와서 애쓰고 있어요. 참! 출판사에서 나온 책, 본 거 있어요? 못 봤죠? 수술하고 수술받고 하느라 바빴으니까…. 우리별에서부터 잘 알고 지냈던 그 친구는 바로 얼마 전까지 출판사를 운영하다가 고향별로 돌아갔어요. 육체는 그냥 지구에 두고…. 사람들은 그가 죽은 줄로만 알겠지요. 우리는 육체를 두고 갈 수도 있고 비행선을 타고, 가지고 갈 수도 있으니까. 하긴 뭐, 두고 가는 게 여러모로 편하기는 해요. 비행선을 타고 가면 실종이나 행방불명인 거고….”

“그들은 왜 그렇게 하는 거죠?”

“그게, 그들을 행복하게 하니까요. 좋아서 하는 거죠. 일종의 자선사업 같은 거죠. 신들의 놀이라고나 할까요? 인류 대부분이 자신을 행복하게 하는 결정을 할 수 있을 때, 지구는 상상할 수 없을 정도로 도약하게 될 거예요.”

“그럼, 그들은 어떻게 지구에 오는 건가요?”

“대부분은 영혼의 형태로 와요. 정자와 난자가 만나는 순간, 먼 별나라에서 영혼의 형태로 쏘는 거죠. 어렵지 않아요.”

“그럼, 어려서부터 자신이 외계에서 온 걸 알아요?”

"아니요. 대부분은 죽는 순간에 모든 기억이 다 떠오르는데, 간혹 언제쯤 기억이 돌아오게 미리 설정해 놓기도 해요. 아니면, 저처럼 비행체를 타고 와서 인간의 몸을 만들어 입을 수도 있지요."

"그게 사실이라고 치면, 왜 그런 이야기를 굳이, 안 해도 되는 이야기를 저한테 세세하게 해 주는 거예요?"

"이야기할 때가 된 거 같아서요. 적당히 잘 익은 거 같아서요. 하하하."

그녀는 웃음을 멈추지 않았다. 또다시, 그는 할 말이 싹 사라졌다. 등골이 다 서늘해졌다. 그런데 그녀가 벌떡 일어서며 말했다.

"아, 나. 취했나 봐요. 제가 말하는 거 좋아하는데, 말이 좀 많죠? 그렇죠? 저 갈게요. 참, 저 내일 서울 다녀와요. 이틀 있다가 와요. 울지 말고 잘 지내고 있어요. 호호호. 호호호."

그녀는 문 앞까지 웃으며 나갔다. 그리고 계속 손을 흔들며 그녀의 펜션으로 갔다. 전혀 비틀거리거나 하지는 않고, 마냥 즐거워 보였다. 그는 공상과학 같은 그녀의 이야기가 흥미로웠지만, 그다지 현실처럼 느껴지지는 않는다고 생각하며 테이블을 치우기 시작했다.

이틀간 정말 그녀는 보이지 않았다. 그는 갑자기 할 일이 없어져서 실컷 늦잠을 자고 일어났다가 또 낮잠을 자고, 혼자 바닷가를 산책하다가, 밤이 되면 오지 않는 잠을 청하며 눈에 들어오지도 않는 의학서적을 뒤적거리다 잠들었다. 이틀이 두 달처럼 느껴졌다. 이상하다고 생각했다. 황당한 이야기로 등골을 오싹하게 하는 그녀가, 이토록 그립다는 게….

삼 일째 되던 날, 아침 해가 뜨고서야 잠이 들었다가, 늦잠을 자고 일어나니 오후 3시가 넘었다. 커튼을 여니까 그녀가 바닷가에서 다시 천막을 치고 그림을 그리고 있는 게 아닌가. 그는 반가워서 소리 지를 뻔했다. 간단하게 빵에 버터를 발라 먹고, 즐거운 마음으로 그녀에게 갔다.

그녀는 파란 물감으로 그리던 바다를 마저 그리고 있었는데, 이번엔 뭐라며 바람이라고 우길지 궁금하기도 했다. 다가서는 인기척에 그녀가 먼저 활짝 웃으며 말했다.

"안 울고 잘 있었죠? 호호호."
"아, 뭐래…. 심심하긴 했죠. 뭘 그려요? 이번엔?"
"짠 내가 팍팍 나는 바닷바람을 그려 보려고요."

역시! 평범한 바람은 아니었다. 그는 그녀에게 허락 맡고, 적당히 기울어져 바다가 보이는 긴 비치 의자에 몸을 푹 기댔다. 그녀가 그림 그리기 좋은, 바람이 잔잔하고 하늘이 맑은 오후였다. 멀리 통통배가 지나가고 있었고, 갈매기들이 하늘에서 구애하고 있었다. 그녀가 다가오며 말했다.

"아~ 좀 쉬어야겠다!"

그러더니, 비치 의자에 누워 있는 그의 골반 위로 올라앉았다. 그리고 천천히 몸을 기울여 포옹하며 느닷없이 입을 맞추기 시작했다. 작은 테이블에 있던 레몬 칵테일에 젖은 그녀의 입술은 부드럽고 달콤했다. 그녀는 풍만하고 물컹한 가슴을 들이밀며, 꼭 껴안으며 동시에 혀를 밀어 넣었다. 그녀의 혀가 거침없이 그의 입안으로 들어와 꿈틀거렸다. 혹시 키스의 달인일까? 단지 키스를 했을 뿐인데도, 그는 순식간에 술에 몹시 취한 듯 세상이 까마득히 멀어지는 기분이 들었다. 파도 소리도, 갈매기 소리도 들리지 않았다. 단지 황홀한 느낌만 그 자리에 있었다. 시간도 멈춘 듯했다.

정신을 차려 보니, 그녀는 어느새 다시 그림을 그리고 있었다.

그림을 그리면서 코딱지를 후벼서 엉덩이에 문지르다가 의사와 눈이 마주치니 활짝 웃었다. 그런 그녀가 더 이상 이상하지 않고 오히려 친숙하고 정겹게 느껴졌다. 의사는 이제 자존심이고 체면이고 뭐고 다 집어 던지고, 거절의 두려움도 없이, 그녀에게 다가가 불쑥 말했다.

"저랑 애인하실래요?"

말을 듣고 난 그녀는 그림을 계속 그리며 재밌다는 표정이 되었다. 그리고 말을 좋아하는 그녀답게 거침없이 말을 시작했다.

"보이지 않는 나를 표현할 수 있기에, 보이는 나는 물론 소중해요. 하지만 보이는 내가 나라고는 할 수 없어요. 보이지 않는 나는 나이도 성별도 없거든요. 그래서 인간적인 사랑으로 연결되기엔 부적절해요. 저는 말이죠, 사랑해요. 세상 전부를요. 왜냐면요, 창조주가 모두 사랑으로 빚은 거거든요. 그래서 당신도 사랑해요. 하지만, 당신만 사랑할 수도 없어요. 이해돼요? 당신이 원하는 방식으로는 사랑할 수 없어요. 우리는 사랑이 되어 가는 존재지, 단지 사랑하고 사랑받는 존재가 아니거든요. 당신이 사랑이 되면 우린 그냥 늘 하나가 되는 거예요. 같은 하나가 되는 거예요. 이해돼요?"

"이해 안 돼요. 어떻게 하면 그런 사랑을 알아요? 자기가 사랑을 안다는 걸, 어떻게 아냐고요!"

"자기 자신만 알면 돼요. 우리의 근원은 사랑이니까요…."

그녀는 그리던 그림을 멈추고 그에게로 와서, 한쪽 손을 잡아 끌며 말했다.

"우리 산책해요. 저기 바위산까지 걸어갔다 와요. 사실 전 오래 전부터 당신 같은 사람을 만나면, 내가 줄 수 있는 모든 영감을 주려고 마음먹었어요. 그리고 떠나려고…."

그는 아이처럼 순순히 그녀를 따랐다. 참 부드럽고 따뜻한 손이었다. 그들은 천천히 손을 잡고 걸었다. 파도 소리와 바람 소리만 들렸다. 모래사장 한쪽 끝에 있는 바위산에 다다랐을 때, 어울리지 않게 그때까지 침묵하던 그녀가 말했다.

"저기 바위에 부딪히는 파도가 보이죠? 부딪히면 물방울이 튀어 오르죠? 인간은 그 물방울 같은 거예요. 마치, 물방울이 튀어 올랐다가 다시 바다로 돌아가기 전까지를 자기 자신이라고 생각하는 거죠. 하지만, 자신이 물방울일 때 바다였다는 걸 기억해 내

는 것. 그게 깨달음이에요. 별거 아니에요. 그것이 신을 아는 상태,
또는 하나님을 만난 상태와 비슷하다고 할 수 있지요. 하지만 튀
어 오른 물방울은 분리의식과 개체의식을 느끼며 자신과 다른 물
방울, 그리고 바다가 다 다른 거로 생각해요. 여전히 말로 설명하
기엔 한계가 있네요. 아무튼, 깨달음은 온전하고 완전한 상태, 다
가지고 있으니 원하는 것이 없는 상태, 다 알고 있기에 궁금한 게
없는 상태이며, 다 이루었기에 하고 싶은 것이 없는 상태와 비슷
해요. 개체의식은 현실에 있어도 전체의식은 동요할 것 없기에,
무슨 일이 있어도 고요하고 그지없이 평화롭지요. 나를 아는 상태
는 그러한 것이라고 할 수 있어요."

  여전히 어려운 이야기를 담백하게 말하는 그녀의 얼굴엔 그동
안 보지 못했던 거룩함과 성스러움마저 깃들어 있었다. 그녀는 그
를 바라보며 다시 차분하게 말했다.

  "그러나 다르게 보면 그것은 무척 지루하고 재미없는 상태이기
에, 가끔 원할 때는 스스로 연약한 육체를 가지고, 스스로 완벽하
고 완전한 자신의 기억을 지우고, 생로병사와 길흉화복을 느끼고
즐기면서, 한계 없는 자기 자신을 다양하게 체험하는 거예요. 영
원히…. 그러한 면에서 인간은 신의 피조물이 아니라, 신의 분신

에 가깝다고 생각해요. 물방울과 바다. 개체성과 전체성. 그 두 가지 상태를 다 알면 인간은 완전해져요. 이 우주 전체가 서로 연결되어 있다는 것까지 생생하게 느끼죠. 산은 거대하고 오르는 길은 수없이 많아서 모두가 각자의 길로 산에 오르며, 서로를 일깨우며, 영원히 성장하는 거예요. 그러면서 우주도 끊임없이 거듭나게 되는 거지요."

"어떻게 그런 걸, 그렇게 잘 아는 거예요?"

"별로 대단한 게 아니에요. 당신도 곧 알게 될 거예요. 인간도 깨달으면 다 알 수 있어요. 그리고 그 정도를 이해하는 게 사실, 삶의 기본이 돼야 한다고 생각해요. 그래야 우리는 우리의 모습이 진정 마음에 들기 시작할 거예요."

그는 마음속으로 그녀 앞에서 모든 걸 내려놓았다. 그럴 수밖에 도리가 없었다. 도저히 뭐로도 자기가 더 낫다고 우길만한 게 없는 것만 같았다. 창피한 마음마저 들었다. 차라리 도망치고 싶기까지 했다.

그들은 어느새 천막까지 다시 걸어와 있었다. 그녀가 조금 전까지 그리던 그림을 가리키며 부드럽고 다정하게 말했다.

"이건 의사 선생님 드리는 선물이에요. 그림 제목은 〈내 머리카락을 스치는 짠 내 나는 바람〉이에요. 호호호. 아직 다 마르지 않았으니까, 잘 가지고 들어가서 말리세요. 아셨죠?"

가로로 길게 그려진 그림을 자세히 보니, 바다와 파도, 방금 다녀온 바위산과 하얀 모래사장, 그리고 오른쪽 끝에 그녀의 머리카락만이 살짝 바람에 휘날리고 있었다. 그녀가 그동안 정성껏 그린 그림이 자신을 위한 것이었다니, 갑자기 마음이 뭉클했다.

"그리고 사실, 난 이제 우리 별로 돌아가기로 했어요. 떠날 거예요. 곧 봄이 오겠네요."

'이제 막, 가을인데.'라고 말하려는데…. 그녀가 말을 이었다.

"어차피 가을은 금방 끝나잖아요. 겨울도 오면 어차피 지나갈 거고, 봄이 올 테니까. 나는 그 봄이 보이거든요. 아주 새로운 봄이 보여요, 인류가 한 번도 경험한 적 없는 좋은 봄이…."

그는 이제 아무 편견 없이, 그녀가 하는 말은 다 옳을지도 모른다고 생각하며 묵묵히 그녀의 말을 경청하고 있었다.

"들려요? 안 들리겠죠. 아직은…. 내가 마음을 기울이면 세상 모든 게 말을 걸어와요. 저 바다가, 태양이, 수많은 모래알과, 독수리와 고래, 그 모든 게…. 심지어 저기 바위산과 그 위에 자라난 소나무, 죽은 조개껍데기까지 내게 말을 걸어 와요. 아직, 잘 모르죠?"

도무지 그녀의 대화를 따라가기 힘들다는 생각이 들었는데, 그녀는 아무것도 아랑곳하지 않았다. 그가 짧게 물었다.

"정말, 어디를 가는 거예요? 작별 인사도 없이?"
"작별이요? 우린 헤어질 수가 없어요. 사실 만났다고도 하기 힘들죠. 애초에 하나였으니까. 하지만 또 만날 수도 있어요. 지금과 비슷한 형태로…. 먼 훗날. 그러니까 이별이 아니죠. 작별 인사가 필요 없죠. 인류는 아직 많이 보살펴 줘야 하지만…. 난 지구에서 하고팠던 일, 다 했으니까. 갈게요. 일단 우리별에 가서 쉬다가 나중에 다시 오거나, 다른 별을 체험해 볼까도 생각 중이죠."
"이렇게요? 갑자기? 집은? 그림들은요? 아니, 정말 지금 떠난다는 거예요?"
"음…. 저는 행방불명 처리되겠지요. 제 그림들은 얼마 뒤, 행방불명된 작가의 이상하고 특별한 그림으로 결국 유명해질 거예요. 그리고 그림만 보아도 자신을 깨닫는 사람들이 생길 거예요. 이틀

동안 서울에 다녀오면서 필요한 신변 정리는 다 끝냈어요."

그녀는 양손으로 그의 두 손을 잡았다. 그러고는 햇빛보다 화사하게 미소 지었다.

"아이러니하게도 사람은 혼자일 때 전체를 느낄 수 있어요. 혼자임을 느껴 봐요. 나는 이제 갈게요. 뒤돌아보지 않을 거예요."

그녀는 뒤돌아 천천히 바다를 향해 걸어갔다. 그는 더 이상 아무 말도 할 수 없었다. 그녀는 발목이 파도에 잠길 때까지 걸어 들어가더니, 양팔을 앞으로 쭉 펼쳤다. 그랬더니, 갑자기 바다가 조용히 갈라지기 시작했다. 마치 두 개의 달이 양쪽에서 바다를 당기는 것만 같았다. 벌어진 바다, 약 200미터쯤 앞에서 커다란 타원의 하얀 비행선이 붕 떠올랐다. 펜션보다 거대한 그 비행선은 아무런 소음도 없이 발광하며 허공을 미끄러져 왔다. 비행선에는 창문도 입구도 보이지 않았다. 비행선에서 한 줄기 밝은 빛이 나오는가 했는데, 그녀가 그 빛을 따라 쏙 빨려 들어갔다. 그것은 마치, 하얀 푸딩 속으로 건포도가 빨려 들어가는 것만 같았다. 비행체는 하늘로 떠오르면서 점점 더 밝아지더니, 그의 머리 위에서 천천히 두 바퀴를 돌았다. 그리고 바닷가를 따라 조금 속도를 높이며 날아가다가 어둑해지는 하늘, 밝은 별을 향하더니 순식간에 사라져 버렸다.

바다는 금방 아물었고 하늘은 아무 일도 없었던 것처럼 태연했다. 그는 조금 전 펼쳐진 장면에 압도당하며 말문이 막혔다. 모래사장에 털썩 주저앉았다. 그녀는 이별도 안 하고, 저 별로 그렇게 순식간에 떠났다.

처음엔 그녀가 떠났다는 사실보다 상상하지 못한 장면에 말문이 막혔는데, 이내 그녀를 향한 알 수 없는 고마움에 눈물이 흘렀다. 그리고 자신도 모르게 아이처럼 어깨를 들썩이며 울고 있었다.

그녀와 함께했던 바다가 벌써, 그리워졌다.

에필로그

모래사장의 모래알들이 모두 슬퍼 보였다. 달도 별도 모두 슬퍼 보였다. 세상이 커다란 슬픔으로 잠긴 느낌이었다. 그녀가 떠나고 난 후, 얼마를 울었을까. 근원을 모르는 그러한 슬픔으로 한참을 울고 난 그는, 이제 후련했다. 마치 온몸의 독소가 다 빠져나가고, 몸이 맑고 투명해진 기분까지 들었다. 마음도 바람 한 점 없는 호수처럼, 파도 하나 없는 바다처럼, 그지없이 차분하게 가라앉았다. 그리고 아무 생각도 나지 않았다. 멍했다. 더 이상 놀랍지도 신기하지도 않았다. 단지, 한 번도 온전하게 그녀를 믿어 주지 못했던 자신이 세상에서 가장 초라하고 하찮게 느껴졌다.

그때였다! 그의 의식이 갑자기 몸을 벗어나는 게 느껴졌다. 문득, 자기 육체를 전혀 느낄 수 없었다. 대신 바람이 느껴지기 시작했다. 상상할 수도 없는 거대한 바람이 느껴졌다. 아니다, 그는 바람이 되었다. 거대한 바람이 되어 바다와 대지와 산을 덮고 있었다. 그러다가 순식간에 바다가 되었다. 온갖 바다 생물, 물고기와 상어, 고래가 그의 안에서 헤엄치는 게 느껴졌다. 그의 의식은 점점 더 커지더니 지구를 통째로 느낄 수 있었다. 그는 지구였다. 그 안에서 살아 숨 쉬는 모든 생명이 느껴졌다. 그리고 그 수많은 생명체의 의식을 동시에 느낄 수 있었다. 마침내 그의 의식은 우주로, 계속해서 엄청난 속도로 확장되며 커지더니 무한한 우주와 합

일을 이루었다. 무한한 우주와 하나가 되는 경험! 의식 안에서 전체성을 느끼는 순간이었다. 우주 전체가 살아있는 거대한 생명체로 느껴졌다. 그 안의 수많은 별과 별 사이 공간이, 자신을 구성하는 작은 세포들로 느껴졌다. 시간도 공간도 아무것도 의미가 없었다. 그렇게 무한한 우주와 함께 영원한 시간을 느낄 수 있었다.

얼마나 그 느낌 속에 있었을까. 그 전체성에서 태양이 자그맣게 빛나는 것을 느끼다가, 아주 서서히 개체의식으로 돌아왔다. 그 잠깐의 시간이 마치 천년만년처럼 느껴졌다. 그는 조금 전의 자신이라고 할 수 없을 만큼, 자신이 느낀 것을 말로 표현하는 데 천만 년이 걸릴 만큼 많은 것을 느끼고 경험했기에, 차원이 다른 존재가 되어 있었다. 고치를 찢고 나온 나비처럼, 전혀 새로운 인간이 되었다. 그의 얼굴은 차분하고 담담했고, 두 눈은 샛별처럼 빛났다. 그는 자리에서 천천히 일어나며, 떠나간 그녀가 수시로 했던 말을 어느새 마음속으로 되풀이했다.

'뭐, 대단한 거 아니야. 이게 기본이지!'

그는 그녀를 끊임없이 믿지 않았다. 이해할 수 없었기 때문에. 아무리 많은 기적을 보여 줘도 인간은 끝없이 의심한다. 그는 오히려 그게 참 좋은 거라는 생각을 했다. 인간은 의심을 통해서 이해한다. 의심이 없는 믿음은 맹종이고, 맹종이 지속되는 경우는 어디에도 없다. 인간은 진심으로 이해하고 싶기에, 진정한 믿음을 자기 것으로 만들고 싶기에, 끊임없이 의심하는 것이다. 진리의 속성이 무한함을 가지고 있듯이 호기심이 영원한 이유다. 그게 바로, 한계 없는 인간이 머물지 않고, 영원히 성장할 수 있는 마땅한 이유가 되는 것이다.

그는 언어로 설명할 수 없는 것을 세상에 알리기로 마음먹었다. 가능할 것 같았다. 시도할 것이다. 할 수 있는 모든 방법으로, 끊임없이…. 그게 대단하고 가치 있고 위대해서가 아니라, 열렬히 하고 싶은 일이 되었기 때문이다. 자신이 바로 그것을 위해 심장이 뛰고, 피가 흐르고, 몸이 움직이는 것이라고 깨달았기 때문이다.

대지의 푸른 바람을 등지고, 이 지구를 떠나기 전까지는….

The End.

에필로그

바람을 그리는 여인

1판 1쇄 발행 2024년 8월 9일

지은이 새파란

교정 신선미 편집 이새희
마케팅 · 지원 김혜지

펴낸곳 (주)하움출판사 펴낸이 문현광

이메일 haum1000@naver.com 홈페이지 haum.kr
블로그 blog.naver.com/haum1000 인스타 @haum1007

ISBN 979-11-6440-661-6(03810)